серия *tip top street*

русская литература в Америке

Стихи Владимира Гандельсмана отмечены той свободой речи, которая оплачивается отчаянием, но способствует выживанию. Эта свобода стирает, но одновременно обновляет разницу между одой и элегией. Поэт блистательно владеет техникой стиха – тем, что сам называет «пробежками аллитераций» и «вольностью грамматики»; формальная игра у него приобретает глубоко содержательные измерения, словотворчество оказывается не банально футуристским, а скорее метафизическим. Гандельсман – один из немногих, кто вправе ощущать себя дома в поэзии, причём не только русской и не только современной (великолепны его вариации на темы Катулла и Баратынского). Последнее и, может быть, самое важное, что хотелось бы сказать: он обладает редкостным чувством не то чтобы единства, а неслиянности и нераздельности с миром, природой, другим человеком. **Томас Венцлова**

Уникальный способ проникновения в сердцевину мира, присущий именно Гандельсману, – это изобилие, даже теснота точных реалий, и вдруг чуть ли не в соседней строфе воспарение из-под этой груды в мир почти бестелесной абстракции – телом остаётся только слово <...> Его стихи часто, даже почти неизменно, вызывают у меня стандартную реакцию – напряжённое восхищение. **Алексей Цветков**

Невозможно в здравом уме вынести во всей полноте убеждение: «Я смертен». И тем не менее поэт каждым стихом решает эту задачу. Владимир Гандельсман доводит ощущение смертности всякого мгновения и события, преломлённого в звенящей чистоте детского взгляда, до предела, за которым, как ни странно, обнаруживается бессмертие... В этих стихах смысл вырастает из звука и, слившись с ним, в него уходит, как дождь в ждущую землю. Всё его техническое совершенство никогда не самоцель, всё работает на основную тему, на раскрытие жалкой и прекрасной бесполезности существования... Только такого читателя, для которого чтение – обряд, равносильный крещению, из которого он может выйти обновлённый сотворчеством, – только такого читателя ждёт эта поэзия. **Валерий Черешня**

Владимир Гандельсман

Великое событие оленей

Стихотворения 1978–2018 годов

Littera Publishing LLC

из книги «Шум земли»

* * *

Сквозь тьму непролазную, тьму азиатскую, тьму,
где трактор стоит, не имея любви ни к кому,
и грязи по горло, и меркнет мой разум,
о, как я привязан к Земле, как печально привязан!

Ни разу так не были дороги ветви в дожде,
от жгучего, влажного и торопливого чтенья
я чувствую, как поднимается сердцебиенье
и как оно глохнет, забуксовав в борозде.

Ни разу ещё не желалось столь жадностно жить,
так дышит лягушка, когда малахит её душат,
но если меня невзначай эти ночи разрушат,
то кто, моя радость, сумеет тебя говорить?

Так вот что я знаю: когда меня тянет на дно
Земли, её тягот, то мной завоёвано право
тебя говорить, ну а меньшего и не дано,
поскольку Земля не итог, но скорей переправа.

Над огненным замком, в котором томится зерно,
над запахом хлеба и сырости – точная бездна.
Нещадная точность! Но большего и не дано,
чем это увидеть без страха, и то неизвестно.

* * *

Троллейбус, что ли, крив,
раздрызган и знобящ,
что едешь, полужив,
завёртываясь в плащ,

дрожишь, облокотясь
на отсвет свой в окне,
без тела-то сейчас
ему теплей, чем мне.

Да, я бы мог не жить,
не видеть вообще,
и слов не говорить,
и не дрожать в плаще,

но если это Бог
мне зябкий подал знак,
то как Он одинок,
Собой расщедрясь так.

* * *

Это город слепых,
розоватых, трапецьеобразных
стен, от ветров ненастных
оградивших живых,
это город глухих
переулков несчастных
и безмолвных, прекрасных
снегопадов густых.

Это город теней
во дворах нездоровых,
это город готовых
к вымиранью людей.

Это город детьми
облюбованных горок,
древний образ мне дорог, –
если хочешь, возьми, –

это город зимы,
мандариновых корок,
холодов, полутьмы,
вереницы огней
с жёлтым прицветом йода,
и железных коней,
и того пешехода...

Ну, живи, цепеней.

* * *

И от любви остаётся горстка
пепла, не больше напёрстка.
Нет, не страшно стало душе
быть нелюбимой уже.

Вот тебе рукавицы, ватник,
лампочка в сорок свечей,
кружка воды и мышиный привратник.
Чей ты теперь? Ничей.

Будешь двуруким теплом двуногим
жить, согревая тьму,
счастьем обязан был ты не многим,
будешь зато – никому,

это и есть твоё счастье… Всё же
это ещё и твой страх,
что и тогда тебе Бога дороже
будут пепел, напёрсток, прах.

* * *

О радости – как засыпает мост,
как засыпают полувеки
его пролётов,
как снег летит в деревья, в их навеки
открытый мозг,

о русле, где лиловое сверло,
своих тяжёлых оборотов
вращая бремя,
колеблет цепи ртутных перемётов,
и занесло

мой спичечный – по крышу – коробок,
дарованный на время
сезонной стужи...
Два-три пейзажа, чувства, две-три темы
и детский бог –

вот всё, что есть, все крохи изнутри.
О радости, о разности – снаружи
покой могучий,
душа иль плоть – они так много хуже
любой поры.

Лишь точной речи, поднятой со дна,
влажно-сыпучей,
вся разность эта –
ослепшей речи, поднятой на случай, –
всегда равна.

О радости – как засыпает всё,
как милицейская комета
летит, мигая,
наматывая зелень снега, света
на колесо.

* * *

Домой, домой, домой,
с Крестовского съезжая
моста, я вздрогнул: боже мой,
какая жизнь простая,

как всё проявлено: торчат
деревья, трубы,
и мокрый снег летит, и спят
в снегу гребные клубы,

и всё молчит, срезаясь за
стекло косым квадратом,
то набегая, то сквозя,
то волочась закатом,

а там, средь серых плоскостей,
смиряются, смиряют,
хоронят, любят, ждут гостей,
живут и умирают,

и надо двери отворить,
и надо чаю заварить.

Три времени года

1

Чередование года времён
я застаю у себя в котельной,
с мышью, притихшей в кладовке, вдвоём
слушаем осени шум запредельный
или вдруг слушать перестаём.

Третий уж год параллельно реке
я засыпаю, по левую руку –
парк, и ничто уже не вдалеке.
Дверь отворяю и радуюсь другу,
снегу, тающему на воротнике.

2

За ночь снега под дверь насыпет,
я лопатой его разгребу,
оглянусь – параллелепипед
дома жёлтого на берегу,
дверь открыта и чай не выпит.

А на стенах осела копоть,
невесомый рисунок дней,
тех, что некий безумец копит
и записывает... Ему видней...
Но меня ничто не торопит.

3

В угол, в уголь смотрел чёрно-синий
я вчера и таких длиннот
вдруг услышал – не звук – пустыню,

что замедлило время ход
и пропало в полночной тине.

Но откуда тогда под подошвой
утра хрусткие ямы, бугры,
ночь, утёкшая в темень коры,
мир с голубизною подмёрзшей
накануне цветенья поры?

* * *

Я о тебе молюсь,
я за тебя боюсь.
Пока живём – живём,
пока вдвоём – вдвоём,
но как вместить обещанную грусть,
какое платье из неё сошьём?

Я не хочу смотреть
на государство-смерть,
и на его зверей,
и на его червей,
но как вместить обещанную твердь,
читатель Иоанновых страстей?

Но как тебя спасти,
когда нас нет почти,
и дар случайный жить
нас понуждают скрыть.
Я ничего не вижу впереди.
Как эту тьму кромешную вместить?

Дай только раз вдохну,
дай только жизнь одну, –
пока живём – живём,
пока вдвоём – вдвоём, –
дай только жизнь ещё раз помяну.
Жить будем ли мы вновь, когда умрём?

* * *

Должен снег лететь
и кондитерская на углу гореть,
мать ребёнка должна тянуть
за руку, должен ветер дуть,
и калоши глянцевые блестеть,

продавщицы розовые в чепцах
кружевных должны поднимать
хруст слоёных изделий в щипцах,
и ребёнок, влюблённый в мать,
должен гибнуть в слезах,

и старик, что бредёт домой,
должен вспомнить, как – боже мой! –
как сюда он любил
заходить, как он кофе пил,
чёрный кофе двойной,

«Больше, – шепчет, – лишь смерть одна,
потому что должна
этот шорох и запах смыть…» –
и глухая должна стена
тень его укрупнить,

и тогда снегопад густой
всё укроет собой,
и точильного камня жрец
сотворит во мгле под конец
дикий танец с искрой.

* * *

Днём в комнате зимы начальной
голубоватый свет и потолок белесый.
Я вижу тебя девочкой печальной,
вне спле́тенного к жизни интереса.

Без твоего участья день стихает,
придёт с работы мать, суп разогреет
грибной (за дверью связка усыхает),
потом над кройкой и шитьём стареет.

Ещё увидишь: лампы свет прикроет
газетой, и такая грусть настанет,
как будто ты раздумываешь – стоит
или не стоит жить, – не слишком тянет.

Я *там* тебя люблю, и бесконечней
не знаю ничего, не знаю чище,
прекраснее, печальней, человечней
той нерешительности и свободы нищей.

ИЗ КНИГИ «Эдип»

* * *

Перрон, как в гречневой крупе,
в коричневых и чёрных зёрнах,
жизнь детских глаз внутри купе,
больших, растерянных, минорных,
прилив сочувствия к себе.

Кто гречку так перебирал,
водя ладонью по клеёнке,
зеленоватой, как вокзал,
живущей запахом в ребёнке.
Я в жизни лучшего не знал.

И бедность жизни и минут
при тихом троганье вагона
в полубезумии плывут
за край всего, что я бессонно
люблю, и большего не ждут.

И я не жду. Мир ни красив,
ни страшен, как ни обозначим.
Вот так и жить бы, как прилив,
одним сочувствием и плачем,
зачем – ни разу не спросив.

* * *

А дальше-то вот что: под утро ключом
сверкнув, привалившись плечом
к дверям, отворишь их и юркнешь в тепло
чуть спящего дома ещё,

ещё не осмыслена сила вещей –
шарфы отдыхают от шей,
ещё не расправлены тягами рук
перчатки в карманах плащей,

и в старом трюмо, как в картинке одной,
рождественской, переводной,
нажимом ещё не проявлен пейзаж
таинственной жизни ночной,

здесь ночью сходились дыханья одних
с тенями предтечей своих
и вновь разбредались по разным углам,
к родству обязуя родных,

ты вынесен внутренним ветром кровей
на берег отчизны своей,
приливом колеблем, как снасть на песке,
снимая башмак у дверей,

ты чувствуешь, что утопился букет
сирени на кухне, на нет
он сходит в прихожей, себя бормоча
и собственным прошлым согрет,

ещё остаётся тот час до утра,
в котором есть завязь добра,
ещё среди хаоса бытность семьи
ручная – сильна как вчера,

там город бутылок из-под молока,
пустой, но не сданный пока,
и старый графин с кипячёной водой –
его наклоняла рука,

и чашка в цветочек китайских времён,
и ложка над ней под уклон,
и в матовых банках, пресыщен собой,
айвовый и сахарный сон,

а дальше – на цыпочках вкравшись в покой,
где шторы просвечены той,
пусть школьной, но полусвободной уже,
светающей, майской порой, –

одежду свою побросаешь на стул
и в миг до того, как уснул, –
вдохнёшь ледяную, льняную постель,
на ней распрямив этот гул.

* * *

Это степь, и сухое пространство, как луковица сухое,
с шелухой, осыпающейся на пастбище зноя,
это жирные шпалы, кишечник депо, это мельком
занавески на крайнем домишке, кривая скамейка,
и детей худоба – только рёбра и лица в разводах
перламутровой грязи, и курицы на огородах,
вроде серых, кудахчущих, бегающих подушек,
это солнечный слепень сыпучих, живучих и душных,
обезумевших метров земли, где стрекозы и мухи,
и на ящериц смахивающие гнездятся старухи.
Ничего нет грустнее кирпичных заводов предместий,
известковых окраин из досок белёсых и жести.
Как здесь люди живут? как? (особенно после обеда)
пахнут щами? ложатся в песок? как даётся им эта
полужизнь? почему они не умирают
от прохлады и влажности мысли о море, только пот утирают?
Это попросту взгляд непричастных, поскольку проезжих,
глаз снаружи, а жизнь расточается внутрь, и нежных
и невидимых сил этот взгляд не вбирает, и всё же –
это степь, и сухого пространства горячая кожа,
загорелые, масляные, вдыхаемые детьми руки
слесарей, машинистов, обходчиков полые стуки
по коленным чашечкам поезда, его крупные мышцы,
это пыльной и низкорослой листвы шебуршащие мыши,
это всё, что изжаждалось пить, как каторжанин
из хрустящего на зубах Экибастуза и Джезказгана,
он ручьём захлебнётся, он вылижет его русло,
он три дня будет пить, чтоб не так было грустно
умирать, это бредящая ливнем окрестность,
чтобы впадину рта напоить и воскреснуть, воскреснуть.

* * *

Я шум оглушительный слышу Земли,
троллейбусных шин закипанье –
то дальше, то ближе, то снова вдали,
то мокрых подошв лепетанье,

то жести прогибы под тяжестью лап,
уродливых лап голубиных,
то – блюдце на полке колеблющий храп
соседа, то в тайных глубинах

квартиры, где плохо обои взялись –
меж ними и дохлой стеною –
как сердца обрыв, осыпание вниз
трухи совершенно пустое,

я слышу, как жмутся предметы к Земле,
стакан в подстаканник как вогнан,
как сумма их тел отразилась в столе
и вышла за чёрные окна,

для жадного слуха всё – Слово и мощь,
для мёртвого – вдвое и втрое,
открой, отвори, это снег, это дождь,
доснежие, что-то другое –

* * *

Проснувшись от страха, я слышал, он вывел меня
из ряда предметов, уравненных зимней луною,
ещё затихала иного волна бытия,
как будто в песке, несравненно омытом волною,

ещё возбегали в ту область её мураши,
нетрезвые пузы, зыри, не успевшие смыться,
и запечатлелась озёрная светлость души,
пока на окраинах доцокотали копытца,

причиною страха был ангел, припомненный из
ангины и игл, бенгальским осыпанных златом,
и если продолжить, то чудные звуки неслись,
и створки горели, просвечены тонко гранатом,

и женщина, ты –

из белого тела была ты составлена так,
как песня того, кто тебя бесконечно утратил,
тот лирик велик был и мной завоёванных благ
он более стоил, поэтому их и утратил,

он был вожаком, протрубившим начало поры,
когда с водопоем едины становятся звери,
и в джунглях у Ганга топочут слоны, как миры,
и тени миров, преломившись, ложатся на двери,

и фермер Флориды следит, как порхающий прах
монарха, чьи крылья очерчены дельтой двойною,
своим атлантическим рейсом связует мой страх
с его стороною,

и запах был тот, что потом к этой жизни вернёт,
явившись случайно, явившись почти что некстати,
и свет, что так ярок, и страх, что внезапно берёт,
впервые горят над купаньем грудного дитяти.

* * *

Высокий и узкий мост над путями,
свистки паровозов, грохот сцеплений,
безногий нищий с кепкой и медяками
под кустом цветущей сирени,

город ставен с сердечками и песчаных улиц,
белый утром, днём жёлтый и ночью синий,
где есть свой парикмахер, свой безумец,
свой базар с влажно-гнилым прилавком, пропахшим дыней,

Господи, с веснушчатой рыжей жизнью
двух близнецов за забором хлипким,
со звуком из сада ученическим, чистым
будущей первой скрипки,

с комком у горла чуть ли
не у моего, но себя не вижу,
с дальней родственницей – белой, щуплой
девочкой над блюдцем двупалых вишен,

с острым кровосмесительным чувством
к ней, с полудетской лаской,
с тёплым воздухом, в котором пусто,
как на каникулах в классной,

с дядькой, который всё время шутит,
пританцовывая, и лет через десять,
Господи, умрёт и обо всём забудет,
и ещё через двадцать в последней строфе воскреснет.

* * *

Эти люди – держатели твоего
горя, не зря родиться
ты хотел бы ни от кого,
никому, никогда, никому, никогда не присниться,

я хочу сказать, что для них
твоя жизнь – непосильная ноша,
что любовь и тирания родных –
это одно и то же,

эта комната – из породы палат
для душевнобольных: им застят
сумасшедшие слёзы взгляд,
истязают взаимные их боязни,

посмотри, они нервно кричат
и размахивают руками,
друг без друга жить не хотят,
и рожают ясных детей, и становятся безумными стариками.

* * *

Кто знает отдельную муку
глядящего в сторону Леты,
он разве расскажет кому-то
о сдвигах душевных пластов без просвета,

о мёртвых толчках нутряного,
о выжженной к жизни охоте,
ему не до лёгкого, пьяного слова
на выдохе жаждущей плоти,

тоска его тяжеловесна,
из мощных провалов и сжатий,
ей каждое сердцебиение тесно,
тем более – слово некстати,

но вот и она проступает
на том берегу, где, возможно,
тяжёлый законченный стих отдыхает,
и пробует жить осторожно.

* * *

Между тем эта вымышленная жизнь
не хуже твоей, не хуже моей,
с теснотой по-коровьи толпящихся дней
(наподобие национальных меньшинств),

со свежевыкрашенным в хате полом,
где бухгалтер ходил, прятал ключи,
жил – голый череп в очках – долго
с женой и двумя дочерьми,

там не меньше пылает солнце,
чем здесь, и коза пасётся,
и приезжего жениха кормят обильно...
(Помнишь? – спрашиваю сестру. – Помню – пыльно.)

О, возможно на то и старость,
чтоб увидеть их счастье как шум и ярость,
но в спасительном свете, спасительном свете, и не иначе.
(Мы там жили ещё на даче.)

Там ходили с тазами они вчетвером
в баню, отмытый запах
клумбы с дымчатым табаком
проникал в их ноздри, и в чёрных накрапах,

чуть припудренный жёлтой пыльцой,
шелковистый мак источал свой свет...
Помнишь? Помню – идут между матерью и отцом
и смеются, не зная, что не было их и нет.

* * *

Шуба. Солнце. Январь.
В шубе. В солнце. Лицо.
Небо. Облако. Гарь.
Мать с отцом.

Белизна. День. Слепит.
В белизне. В дне. Киоск.
В Гималаях так спит
снег. Как мозг.

Замер. Варежки. Пар.
В точку. Долго. Стою.
Крови внутрь удар.
В жизнь мою.

* * *

Квартира в три комнатных рукава,
ребёнок из ванной в косынке,
флоксы цветут в крови сквозняка,
стопка белья из крахмала и синьки,

тёмная кухня, чашка воды
с привкусом белой рентгеновской ночи,
окна свои заметают следы,
разве ты можешь сказать, что не очень

любишь, и разве не знаешь, как сух,
плох этот стих – мимоходной кладовки не стоит,
той, на которую надо коситься, и двух-
трёх обветшавших на плечиках, съеденных молью историй,

это не время истлело, а крепдешин,
форточку-слух заливает погасшее лето
всё достоверней, и если бессмертней души
что-то и есть, то вот это, вот это, вот это.

Стихи памяти отца

1

Ночь. Туман невпродых.
И – лицом к октябрю –
надо прежде родных
исчезать, говорю.

Речь, которая есть
у людей, не берёт.
В большей степени весть
о тебе – этот крот.

Потому что он слеп.
Слепок чёрных глазниц.
В большей степени – степь.
Холод. Ночь без границ.

2

Узкий, коричневый, на два замка саквояж,
синие с белыми пуговицами кальсоны,
город, запаянный в шар с глицерином, вояж
в баню, суббота, зима и фонарь услезённый,

за руку, фауна булочной сдобная: гусь,
слон, бегемот, – по изюминке глаза на каждом,
то и случилось, чего я смертельно боюсь
там, в простыне, с лимонадом в стакане бумажном,

то и случилось, и тот, кто привыкнуть помог
к жизни, в предбаннике шарф завязавший мне, – столь же
к смерти поможет привыкнуть, я не одинок:
страшно сказать, но одним собеседником больше.

3

Я шлю тебе вдогонку город Сновск,
путей на стрелке быстрые разбеги,
хвостом от оводов тяжеловоз
отмахивается, на телеге

шагаловский с мешком мужик-еврей,
смесь русского с украинским и с идиш,
мишигинер побачит тех курей
и сопли разотрёт в слезах, подкидыш,

весь местечковый, рыжий, жаркий раж,
всю утварь роя, всё, чем мне казался
тот город, всю языческую блажь, –
египетский ли плен в крови сказался,

не знаю... Эту жизнь, которой нет,
которая мне собственной телесней
была, на ту ли тьму, на тот ли свет
я шлю тебе мой голос бесполезный,

как в Белгороде где-нибудь, схватив
в охапку свёрток груш, с толпой мешаясь,
под учащённый пульс-речитатив, –
ты отстаёшь, в размерах уменьшаясь,

и я иду к тебе, из темноты
тебя вернув, из немощи, из страха,
как блудный сын, с той разницей, что *ты*
прижат к моей груди как короб праха.

* * *

футбол на стадионе имени
сергей мироновича кирова
второго стриженого синего
на стадионе мая миру мир

под небом бегло гофрированным
рядами полубоксы тыльные
левее ясно дышит море там
блистательно под корень спилено

на стадионе мая здравствует
флажки труду зато в бою легко
плакатом мимо государствует
бутылью с жигулёвским булькают

парада досааф равнением
идут руками всё размашистей
и вывернутым муравейником
меж секторов сползанье в чашу тел

потом замрёт и страшно высь течёт
над стадионом с. м. кирова
удары пустоты стотысячной
второго стриженого миру мир

по узеньким в часы песочные
в застолье ускользают сумерки
до дня победы обесточено
извилиной сверкнёт лишь ум реки

* * *

Из пустых коридоров мастики,
солнцерыжих паркета полос,
из тик-така полудня, из тихих,
тише дыбом встающих волос,

сохлым запахом швабры простенной,
труховой мешковиной ведра,
с подоконника пьющих растений
вверх косея фрамуги дыра,

перочисткой и слойкой в портфеле,
Александров под партой ползёт
к Симакову, который недели
через две от желтухи умрёт,

безъязыкие громы изъяты
горячо, и в продутых ушах
две глухие затычки из ваты,
и уроки труда на стежках,

и на солнце прозрачные вещи,
и пчела к георгину летит,
в вакуолях пространства трепещет,
слюдяное безмолвье слезит,

то, что вижу, – не зрение видит,
не к тому – из полуденных тоск –
сам себя подбирает эпитет
и лучом своим ломится в мозг.

* * *

В георгина лепестки уставясь,
шёлк китайский на краю газона,
слабоумия столбняк и завязь,
выпадение из жизни звона,

это вроде западанья клавиш,
музыки обрыв, когда педалью
звук нажатый замирает, вкладыш
в книгу безуханного с печалью,

дребезги стекла с периферии
зрения бутылочного, трепет
лески или марли малярия –
бабочки внутри лимонный лепет,

вдоль каникул нытиком скитайся,
вдруг цветком забудься нежно-тускло,
как воспоминанья шёлк китайский
узко ускользая, ольза, уско

* * *

По коридорам тянет зверем,
древесной сыростью, опилками,
и – недоверьем –
дитя с височными прожилками,
и с лестниц чёрных
идут какие-то с носилками –
все в униформе.

Провоет сиплая сирена,
пожарная ли это, скорая,
пуста арена,
затылок паники за шторою
мелькнёт, и ярус
из темноты сорвётся сворою
листвы на ярость.

Он не хотел на представленье,
оставь в покое неразумное
дитя, колени
его дрожат, и счастье шумное
разит рядами, –
как он, его не выношу, но я
зачем-то с вами.

Горят огни большого цирка,
прижмётся к рукаву доверчиво –
на ручках цыпки
(я плачу) – мальчик гуттаперчевый…
Скорей, в автобус,
обратно всё это разверчивай,
на мир не злобясь.

Они не знали, что творили:
канатоходцы ли под куполом
пути торили,
иль силачи с глазами глупыми

швыряли гири,
иль, оснежась, сверкали купами
деревья в мире.

* * *

Поднимайся над долгоиграющим,
над заезженным чёрным катком,
помянуть и воспеть этот рай, ещё
в детском горле застрявший комком,

эти – нагрубо краской замазанных
ламп сквозь ветви – павлиньи круги,
в пору казней и праздников массовых
ты родился для частной строки,

о, тепло своё в варежки выдыши,
чтоб из вечности глухонемой
голос матери в форточку, вынувший
душу, чистый услышать: «Домой!», –

и над чаем с вареньем из блюдечка
райских яблок, уставясь в одну
точку дрожи, склонись, чтобы будничный
выпить ужас и впасть в тишину.

* * *

Я вотру декабрьский воздух в кожу,
приучая зрение к сараю,
и с подбоем розовым калошу
в мраморном сугробе потеряю.

Всё короче дни, всё ночи дольше,
неба край над фабрикой неровный;
хочешь, я сейчас взволнуюсь больше,
чем всегда, осознанней, верховней?

Заслезит глаза гружённый светом
бокс больничный и в мозгу застрянет,
мамочкину шляпку сдует ветром,
и она летящей шляпкой станет,

выйду к леденеющему скату
и в ночи увижу дальнозоркой:
медсестра пюре несёт в палату
и треску с поджаристою коркой,

сладковато-бледный вкус компота
с грушей, виноградом, черносливом,
если хочешь, – слабость, бисер пота
полднем неопрятным и сонливым,

голубиный гул, вороний окрик,
глухо за окном идёт газета;
если хочешь, спи, смотри на коврик
с городом, где кончится всё это.

Болезнь

1

Всё это жар.
И абажура шар.
Ажурный, ал.
Ребёнок хнычет, мал.

Рефлектор, блеск.
Спирали лёгкий треск.
Раскалена,
глаза слепит она.

В тот миг, когда
в него метнёт орда
стрел золотых
тоску, чтоб он затих,

дай руку, дай.
Купи мне раскидай.
Китай цветов
бумажных и цветов.

Ещё волчок.
Ещё «идёт бычок...»
Волчок кружит.
Дитя в ночи лежит.

Там довелось
ему спастись, но ось
тоски, ввинтясь,
со смертью держит связь.

Напёрсток, нить.
Её заговорить

избыток слов
я знаю. Радость, кров.

И потому,
когда шагну к Тому,
жизнь сбросив с плеч,
забуду речь.

2

В той лампа есть ночи́,
в той лампа
ночи́ горящая.
Машинка «Зингер», стрекочи
в столовой слабо.
Тряпьё пропащее.

Там и соткётся вдруг
из света,
из света жёлтого,
как бы замедлив скорость, звук
тоски, и это
тоска животного.

Урчанье, шорох, страх,
по трубам
водопроводная
тоска с захлёбом, впопыхах,
как мышь по крупам,
мне соприродная.

Там в горле я комком,
там в горле,
в слезливой жалости
к себе, свернусь. Пылает дом,
и жар растёрли.
Из этой малости:

любви, и жизни, и
болезни, –
когда закончатся
все три, свой свет себе верни
и в нём воскресни.
Строчи, пророчица.

Под лампой рýки, блеск
челночный,
ушко игольное,
тряпьё пропащее, и треск
тот полуночный,
тоска продольная.

* * *

Мать жарит яичницу
на кухне. Подъём.
Лицо твоё тычется
в подушку. Всплакнём.

Всплакнём, моя мамочка.
Зима и завод.
У жизни есть лямочка.
В семье есть урод.

То лампы неоновой
расплыв на снегу,
то шубы мутоновой
забыть не могу.

Фреза это вертится,
с тех пор и не сплю,
цеха это светятся,
с тех пор и люблю,

когда обесточено
и спяще жильё.
К чему приурочено
рожденье моё?

Всплакнём, моя мамочка.
В часах есть завод.
У щёчки есть ямочка.
«На выход!» – зовёт.

Прижмись, что ли, к инею
на чёрном стекле.
Мать гнёт свою линию,
покоясь в земле.

* * *

Это некто тычется там и мечется,
в раковину, где умывается, мочится,
ищет курить, в серой пепельнице
пальцев следы оставляет, пялится, пятится,

это кому-то хворается там и хнычется,
ноют суставы, арбуза ночного хочется,
ноги его замирают, нашарив тапочки,
задники стоптаны, это сынок о папочке,

это арбузы дают из зелёных клетей, поди,
ядра, бухой бомбардир, в детском лепете
жизни, дождя, – ухо льнёт подносящего
к хрусту, шуршит в освещении плащ его,

это любовью к кому-нибудь имярек томим,
всякое слово живое есть реквием,
словно бы глубоководную рек таим
тайну о смерти невидимой всплесками редкими,

где твои дочери, к зеркалу дочередь
кончилась, смылись, вернулись брюхатые, ночи ведь,
где твой сынок, от какой огрубевшие пяточки
девки уносит, это сынок о папочке

песню поёт, молитву поёт поминальную,
эй, атаман, оттоманку полутораспальную,
с ним на боку, хрипящим, потом завывшим,
имя сынка перепутавшим с болью, забывшим.

* * *

и одна сестра говорит я сдохну
скорее чем кивая туда где мать
я смотри уже слепну глохну
и уходит её кормить

и другая кричит она тоже
человек подпоясывая халат
хоть и кости одни да кожа
доживи до её престарелых лет

доживёшь тут первая сквозь шипенье
и подносит к старушечьему рту
ложку вторая включает радиопенье
и ведёт по пыли трюмо черту

что кривишься боишься ли что отравим
что на тот боишься ли что отправим
Антигона стирает пыль
есть прямые обязанности мне её жаль

говорит Исмена хоть нанимай сиделку
тоже стоит немалых денег
причитая моет стоит тарелку
за границей вертится брат Полиник

ни письма от него ничего в помине
Антигона кричит и приносит судно
да-да-да да-да-да но о ком о сыне
мать их дакает будь неладна

иль о муже поди пойми тут
то заплачет рукой махнёт отвяжитесь
от Полиника пожелтелый свиток
ей одна читает другая выносит жидкость

Аполлоном прочно же мы забыты
говорит одна вечереет и моет другая руки
и сменяет музу раздражённой заботы
Меланхолия муза скуки

потому что выцвести даже горю
удаётся со временем и на склоне
снится Исмене поездка к морю
и могила прибранная Антигоне

* * *

Мать исчезла совершенно.
Умирает даже тот,
кто не думал совершенно,
что когда-нибудь умрёт.

Он рукой перебирает
одеяла смертный край,
так дитя перебирает
клавиши из края в край.

Человека на границах
представляют два слепых:
одного лицо в зарницах
узнаваний голубых,

по лицу другого тени
пробегают темноты.
Два слепых друг друга встретят
и на ощупь скажут: ты.

Он един теперь навеки,
потому что жизнь сошлась
насмерть в этом человеке,
целиком себя лишась.

Воскрешение матери

Надень пальто. Надень шарф.
Тебя продует. Закрой шкаф.
Когда придёшь. Когда придёшь.
Обещали дождь. Дождь.

Купи на обратном пути
хлеб. Хлеб. Вставай, уже без пяти.
Я что-то вкусненькое принесла.
Дотянем до второго числа.

Это на праздник. Зачем открыл.
Господи, что опять натворил.
Пошёл прочь. Пошёл прочь.
Мы с папочкой не спали всю ночь.

Как бегут дни. Дни. Застегни
верхнюю пуговицу. Они
толкают тебя на неверный путь.
Надо постричься. Грудь

вся нараспашку. Можно сойти с ума.
Что у нас – закрома?
Будь человеком. НЗ. БУ.
Не горбись. ЧП. ЦУ.

Надо в одно местечко.
Повесь на плечики.
Мне не нравится, как
ты кашляешь. Ляг. Ляг. Ляг.

Не говори при нём.
Уже без пяти. Подъём. Подъём.
Стоило покупать рояль. Рояль.
Закаляйся, как сталь.

Он меня вгонит в гроб. Гроб.
Дай-ка потрогать лоб. Лоб.
Не кури. Не губи
лёгкие. Не груби.

Не простудись. Ночью выпал
снег. Я же вижу – ты выпил.
Я же вижу – ты выпил. Сознайся. Ты
остаёшься один. Поливай цветы.

из книг «Новые рифмы»,

«Вечерней почтой» и «Долгота дня»

Воскресение

Это горестное
дерево древесное,
как крестная
весть весною.

Небо небесное,
цветка цветение,
пусть настигнет ясное
тебя ви́дение.

Пусть ползёт в дневной
гусеница жаре,
в дремоте древней,
в горячей гари,

в кокон сухой
упрячет тело –
и ни слуха ни духа.
Пусть снаружи светло

так, чтоб не очнуться
было нельзя, –
бабочка пророчится,
двуглаза.

Гольдберг. Вариации

1955 год

Гольдберг, Гольдберг,
гололёд
в Ленинграде, колкий – сколь бег
на коньках хорош! народ –
лю-ли, лю-ли, ла-ли, ла-ли –
валит, колкий снег, вперёд.

Гольдберг мимо инженерит
всех решёток, марш побед,
пара пяток, двери пара,
фары, фонари, нефрит
улиц хвойного базара,
парапет.

Блеск витрины, коньяки леском
и ликёры, зырк, и сверк, и зырк,
апельсины в Елисеевском
покупает Гольдберг, Гольдберг –
будет жизни цирк
вскачь и впрок.

К животу он прижимает куль
и летит, дугою выгнув нос,
а двуколка скул,
а на повороте вынос,
Гольдберг, коверкот, каракуль,
коверкот, каракуль, драп.

Сколько кувырков и сколько
жизни тем, кому легка.
Пусть в прихожей Гольдберг – колкий
тает снег – споткнётся-ка:
катятся цитрусовые из кулька,
Гольдберг смеётся, смерть далека.

Отпуск

Лимана срезанный лимон.
Зеленоватый блеск.
На грязях.
Евпаторийское (евреи, па́рит, сонно).
Всем животом налёг на берег, вес к
песку и с лёгкою ленцой во фразах.

(А Фрида, Гольдберг,
Фрида в тех тенях, –
за ставнями твоя сестра с кухаркой.
Час, каплющий с часов настенных,
как масло, медленный и жаркий.
Чад, шкварки.)

Вдруг запоёт из Кальмана – платочек
в четыре узелка на голове –
«частица чёрта в нас»,
приме́т проточных
мир, ящерица – чуть левей
фотомгновения – зажглась.

Пульсирующая на виске
извилистою жилкой мира –
вот, Гольдберг, вот –
на камне ящерица, высверк, брень пунктира.
Встал и спугнул, в полупеске
полуживот.

(А Любка, Гольдберг,
а кухарка Любка –
смех однозуб,
плач – кулачок в глазу, о, Тот, Кто в хлюпко-
её придурковатую роль вверг,
Тот в нежности Своей не скуп.)

Разнообразье: что ни особь,
то – дивная! Он – с полотенцем полдня
через плечо – идёт домой, он, россыпь
теней листвы вбирая
и ватой сахарной рот полня, –
в аллеях рая.

Шахматная

Он сгоняет партишку сейчас
с мной, ребёнком,
он сгоняет партишку, лучась
хитрым светом, косясь и лукавясь,
Смейся, смейся, паяц, – он поёт, в его тонком
столько голосе каверз.

Он замыслил мне вилку, и он
затаится,
и немедленно выпрыгнет конь
из-за чьей-то спины со угрозой,
Шах с потерей ладьи, – восклицает, двоится
мир и виден сквозь слёзы.

Гольдберг, что бы тебе в поддавки
не сыграть бы,
нет, удавки готовишь, зевки
не прощаешь, о, Гольдберг коварист,
Заживёт, заживёт, – запевает, – *до свадьбы,*
он и в ариях арист.

Он артист исключительных сил,
он свободен,
а с подтяжками брюки носил,
а пощёлкивал ими, большие
заложив свои пальцы за них, многоходен,
Гольдберг, *Санта Лючия!*

День рождения

Но булочки на противне,
     но в чудо-печке,
но с дырочками по бокам,
сегодня будет в красном, Гольдберг, рот вине,
     на пироге задуешь свечки,
взбивалкою взобьёшь белок белка́м.

Тем временем я с мамою
     из дома выйду
и – на троллейбус номер шесть,
и душу, Гольдберг, всполошит зима мою,
     такая огненная с виду
и вместе чёрная. Я, Гольдберг, есть.

Я знаю кексы в формочках,
     мой бог, с изюмом,
раскатанного теста пласт,
проветриванье кухни знаю, в форточках
     спешащие с нежнейшим шумом
подошвы, приминающие наст.

На площади Труда сойти,
     потом две арки,
прихожей знаю тесноту,
туда я посвечу, а ты сюда свети,
     Какие гости! где подарки?
Морозец! ну-ка, щёчку ту и ту!

А вот и вся твоя семья,
     ты посерёдке, обе с краю.
Всё есть, всё во главе с тобой.
А кто сыграет нам сегодня, Гольдберг? – я,
     сегодня *я* как раз сыграю,
а ты куплеты Курочкина пой.

Пятница

По пятницам, – а жизнь ушла
на это ожиданье пятниц
(не так ли, дядька мой неитальянец?) –
от будней маленьких распятьиц, –
ты во Дворец культуры от угла
стремишь свой танец.

Какой проход! В душе какой
(на предвкушенье чудной жизни –
не так ли, родственник шумнобеспечный? –
жизнь и ушла в чужой отчизне,
в той, где бывают девушки с киркой)
пожар сердечный!

Участник нынче монтажа
по Гоголю ты Николаю.
«Вишь ты, – сказал один другому...» Слышу.
И, помню, перед тем гуляю
с тобою, за руку тебя держа.
Ты, Гольдберг, – свыше.

«Доедет, – слышу хохот твой, –
то колесо, если б случилось,
в Москву...» О, этим текстом италийским
как пятница твоя лучилась,
всходя софитами над головой,
на радость близким!

Премьера. Занавес. Цветы.
Жизнь просвистав почти в артистах,
о спи, безгрёзно спи, зарыт талантец
хоть небольшой в пределах льдистых,
но столь же истинный, сколь, дядька, ты
неитальянец.

* * *

Выгуливай, бессмыслица, собачку,
изнеженности пестуй шёрстку,
великохлебных крошек я заначку
подброшу в воздух горстку.

И вдруг из-за угла с китайской чашей
навстречу выйдут мне И-Дзя и Дзо́н-Це,
и превосходной степени в ярчайшей
витрине разгорится солнце.

Моментальный снимок

Движенье выходов моих приятных
на улицу мне доставляет радость,
людей чуть выпуклых и непонятных
движенью моему обратность,
и в целом: эта невозбранность.

На срезе воздуха автомобилей пёстрых
в зрачке несутся карусели,
то вижу их, то сквера тихий остров,
то пью в кафе дымящееся зелье.
О, совести неугрызенья!

Поверхностность бежит дымком над кофе,
как худенький и бородатый,
главу посыпав пеплом философий,
безумец, библиотеки оратай
и жертва этих многострофий.

Забудь свою забывчивость, цветенье,
в мельканье чашечек коленных
детей я вижу поведенье
и свет их лиц осуществленных.
О, наших счетов несведенье!

Смотри, пока не глух, пока не слеп я,
смотри, смотри, пока не уязвим, но
неуязвим и слитен всею крепью,
пока стою, забыв Тебя взаимно,
предавшись своему великолепью.

* * *

О, вечереет, чернеет, звереет река,
рвёт свои когти отсюда, болят берега,
осень за горло берёт и сжимает рука,
пуст гардероб, ни единого в нём номерка.

О, вечереет, сыреет платформа, сорит
урнами праха, короткие смерчи творит,
курит кассир, с пассажиркою поздней острит,
улица имя теряет, становится стрит.

Я на другом полушарии шарю, ища
центы, в обширных, как скука, провалах плаща,
эта страна мне не впору, с другого плеча, –
впрочем, без разницы, если сказать сгоряча.

Разве поверхность почище, но тот же подбой,
та же истерика поезда, я не слепой,
лучше не быть совершенно, чем быть не с тобой.
Жизнь – это крах философии. Самой. Любой.

То ли в окне, как в прорехе осеннего дня,
дремлет старик, прохудившийся корпус креня,
то ли ребёнка замучила скрипкой родня,
то ли захлопнулась дверь и не стало меня.

* * *

Я возьму светящийся той зимы квадрат
(вроде фосфорного осколка
в чёрной комнате, где ночует ёлка),
непомерных для нашей зарплаты трат,
я возьму в слабеющей лампе бедный быт
(меж паркетинами иголка),
дольше нашего – только чувство долга,
Богом, радуйся горю, ты не забыт.

Близко, близко поднесу я к глазам окно
с крестовиной, упавшей тенью
на соседний дом, никогда забвенью
поглотить этот жёлтый свет не дано.
И лица твоего я увижу овал,
руку с лёгкой в изгибе ленью,
отстранившую книгу, – куда там чтенью,
подниматься так рано, провал, провал.

Крики пьяных двора или кирзовый скрип,
торопящийся в свою роту,
подберу в подворотне, подобной гроту,
ледяное возьму я мерцанье глыб,
со вчера заваренный я возьму рассвет
в кухне… Стало быть, на работу…
Отоспимся, радость моя, в субботу.
Долго нет её, долго субботы нет.

А когда полярная нас укроет ночь
офицерской вполне шинелью,
и когда потянется к рукоделью
снег в кругах фонарей, и проснётся дочь,
испугавшись за нас, – помнишь пламенный труд
быть младенцем? – то, канителью
над её крахмальной склонясь постелью,
вдруг наступят праздники и всё спасут.

* * *

Остановка над дымной Невой,
замерзающей, дымной,
чёрный холод зимы огневой –
за пустые труды мне,

хищно выгнут Елагин хребет,
фонари его дыбом,
за пустые труды этот бред
в уши вышептан рыбам,

за гранёный стакан на плаву
ресторана «Приморский»,
за блатную его татарву
в мерзкой слякоти мёрзкой,

то ль нагар на сыром фитиле,
то ли почва паскудна,
то ли небо сидит на игле
третий век беспробудно,

в порошок снеговой ли сотрут
этот город ледащий
за пустой огнедышащий труд,
в ту трубу вылетавший,

или «нет» говори, или «да»,
Инеадой вдоль древа,
чёрной сваей за стёклами льда,
вбитой в грудь мою слева.

Льву Дановскому

За хмельной, предвоскресный
вечер, город окрест,
за «Вакхической песни»
просветительский жест,

за сиденье по кухням,
за январь на дворе,
за «Дубинушка, ухнем…»
у соседа в норе,

за жильё по лимиту,
за бессмертный, навек
в жёлтом доме зарытый
твой талант, имярек,

за поэта – не волка,
за спокойный рассказ
той, которую долго
Бог спасал, но не спас,

за любовь, что косила,
приручая враньё,
за внезапную силу
обойтись без неё,

за платформу на Лахте,
электрички огни,
за пустые на вахте
мои ночи и дни,

за спустившийся наземь
снег окраины всей,
как завещано князем,
за немногих друзей.

* * *

Господи, в комнату вошёл в семь часов,
в сумеречное осенью время дня,
прислонился, рифмою заперся на засов,
пустота обнюхала в дверях меня

и уползла туда, где нет ни души,
снял ботинки, сделал три шага, лёг,
что-то подумал, вроде «фонарь туши»,
но не горел он, и разобрать не смог,

в сон проваливаясь почти,
абсолютно проснулся, открыл глаза –
пустота ли пробовала вползти
снова в комнату и устроить в ней чудеса

(то есть зеркало, кресло устроить, шкаф, –
без свидетелей; то есть когда с вещей
имена, снимаясь, гуськом в рукав
улетают, в отдельный рукав ничей) –

или жара младенческого донёсся шип
и вращение одновременно ста
чёрных дисков с глазами уснувших рыб,
и душа безвидна была и пуста, –

потянулся к лампе, чтобы глагол «зажечь»
промелькнул в уме и осветил тетрадь,
и открыл тетрадь, чтобы возникла речь,
и сказал «Господи», чтобы Он мог начать.

* * *

Лучшее время – в потёмках
утра, после ночной
смены, окно в потёках,
краткий уют ручной.

Вот остановка мира,
поршней его, цепей.
Лучшее место – квартира.
Крепкого чая попей.

Мне никто не поможет
жизнь свою превозмочь.
Лучшее, что я видел –
это спящая дочь.

Лучшее, что я слышал –
как сквозь сон говоришь:
«Ты кочегаркой пахнешь...» –
и наступает тишь.

* * *

На что мой взгляд ни упадёт,
то станет в мир впечатлено.
Отёчный свет аптек придёт
из переулочных темно.

За ним туманный гомон бань,
где пухнет матовая мгла
и в гардеробе горбит брань
худую спину из горла.

За ним убожество больниц,
где выдыхают жизнь плашмя,
или иконы бледных лиц
глядят, как мать сидит кормя.

Пусть известковых стен подъезд
и подворотни грубый грот
дырявят плоскость этих мест —
на чёрный день есть чёрный ход

и есть материя стиха,
когда выныриваешь вдруг
на ленинградские снега.
Бери. Они из первых рук.

* * *

Хочешь, всё переберу,
вечером начну – закончу
в рифму: стало быть, к утру.
Утончу, где надо тонче.

Муфта лисья и каракуль,
в ботах хлюпает вода,
мало видел, много плакал,
всё запомнил навсегда.

Заходи за мной пораньше,
никогда не умирай.
Не умрёшь? Не умирай же.
Нежных слов не умеряй.

Я термометр под мышкой
буду искренне держать,
под малиновою вспышкой
то дышать, то не дышать.

Человек оттуда родом,
где пчелиным лечат мёдом,
прижигают ранку йодом,
где на плечиках печаль,
а по праздникам хрусталь.
Что ты ищешь под комодом?
Бьют куранты. С Новым годом.
Жаль отца и маму жаль.

Хочешь, размотаю узел,
затянул – не развязать.
Сколько помню, слова трусил,
слова трусил не сказать.

Фонарей золоторунный
вечер, путь по снегу санный,

день продлённый, мир подлунный,
лов подлёдный, осиянный.

Ленка Зыкова. Каток.
Дрожь укутана в платок.

Помнишь, девочкой на взморье,
только-только после кори,
ты острижена под ноль
и стыдишься? Помнишь боль?

А потом приходят гости.
Вишни, яблоки, хурма,
винограда грузны гроздья,
нет ни зависти, ни злости,
жизнь не в долг, а задарма.
После месяцев болезни
ты спускаешься к гостям –
что на свете бесполезней
счастья, узнанного там?

Чай с ореховым вареньем.
За прозрачной скорлупой
со своим стихотвореньем
кто-то тычется слепой.

Это, может быть, предвестье
нашей встречи зимним днём.
Человек бывает вместе.
Всё приму, а если двести
грамм – приму и в виде мести
смерть, задуманную в нём.

Наступает утро. Утро –
хочешь в рифму? – это мудро,
потому что можно лечь
и забыть родную речь.

* * *

В полях инстинкта, искренних, как щит
ползущей черепахи, тот,
что сценами троянских битв расшит,
не щит, так свод,
землетрясеньем стиснутый, иль вид
исходных вод,

в полях секундных, заячьих, среди
не разума и не любви,
но жизни жаб, раздувшихся в груди,
травы в крови
расклёванной добычи впереди, –
живи, живи.

Часторастущий, тыщий, трущий глаз
прохожему осенний лес, –
вот клёкот на его сквозной каркас
летит с небес,
вот некий профиль в нём полудивясь
полуисчез.

Небесносенний, сенный, острый дух
сыреющий стоит в краях,
где розовый олень, являя слух,
в котором страх
с величьем, предпочтёт одно из двух,
и значит – взмах

исчезновенья, как бы за экран,
сомкнувшийся за ним, и в нём
вся будущая кровь смертельных ран
горит огнём,
когда, горизонтально выгнув стан,
он станет сном.

Темнеет. Натянув на темя плед,
прощальный выпростает луч,
как пятку, солнце, и погаснет след
в развалах туч.
Рождай богов, сознание, им свет
ссужай, не мучь

себя, ты без богов не можешь – лги,
их щедро снарядив. Потом,
всесильные, вернут тебе долги
в тельце́ литом.
Трактуй змею, в шнуре её ни зги.
Или Содом.

Сознание, твой раб теперь богат,
с прогулки возвратясь и дар
последний обретя, пусть дом объят
(ужель пожар?)
сплошь пламенем, все умерли подряд,
и сам он стар.

Диптих

1

Две руки, как две реки,
так ребёнка обнимают,
словно бы в него впадают.
Очертания легки.

Лишь склонённость головы
над припухлостью младенца –
розовеет остров тельца
в складках тёмной синевы.

В детских ручках виноград,
миг себя сиюминутней,
два фруктовых среза – лютни
золотистых ангелят.

Утро раннее двоих
флорентийское находит,
виноград ещё не бродит
уксусом у губ Твоих.

Живописец, ты мне друг?
Не отнимешь винограда? –
и со дна всплывает взгляда
испытующий испуг.

2

Тук-тук-тук, молоток-молоточек,
чья-то белая держит платок,
кровь из трёх кровоточащих точек
размотает Его как моток,

тук-тук-тук входит нехотя в мякоть,
в брус зато хорошо, с вкуснотой,
всё увидеть, что есть, и оплакать
под восставшей Его высотой,

чей-то профиль горит в капюшоне,
под ребром, чуть колеблясь, копьё
застывает в заколотом стоне,
и чернеет на бёдрах тряпьё,

жизнь уходит, в себя удаляясь,
и, вертясь, как в воронке, за ней
исчезает, вином утоляясь,
многоротое счастье людей,

только что ещё конская грива
развевалась, на солнце блестя,
а теперь и она некрасива,
праздник кончен, тоскует дитя.

Распятие

Что ещё так может длиться,
ни на чём держась, держаться?
Тела кровная теплица,
я хотел тебя дождаться,

чтоб теперь, когда устало
ты и мышцею не двинуть,
мне безмерных сил достало
самого себя покинуть.

Дерево

Алле

Как дерево, стоящее поодаль,
как в неподвижном дереве укор
тебе (твоя отвязанность – свобода ль?)
читается (не слишком ли ты скор?),
как почерк, что, летя во весь опор,

встал на дыбы, возницей остановлен,
на вдохе, в закипании кровей,
на поле битвы-графики ветвей,
как сеть, когда, казалось бы, отловлен,
но выпущен на волю ветер (вей!),

как дерево, как будто это снимок
извилин Бога, дерево, во всём
молчащем потрясении своём,
как замысел, который насмерть вымок,
промок, пропах землёй, как птичий дом

со взрывом стаи глаз, как разоренье
простора, с наведённым на него
стволом, как изумительное зренье,
как первый и последний день творенья,
когда не надо больше ничего.

Вещь в двух частях

1

Обступим вещь как инобытиё.
Кто ты, недышащая?
Твоё темьё,
твоё темьё, меня колышущее.

Шумел-камышащее. Я не пил.
Всё истинное – незаконно.
А ты, мой падающий, где ты был,
снижающийся заоконно?

Где? В Падуе? В Капелле дель
Арена?
Во сне Иоакима синеве ль
ты шёл смиренно?

Себя не знает вещь сама
и ждёт, когда я
бы выскочил весь из ума,
бывыскочил, в себе светая
быстрее, чем темнеет тьма.

2

Шарфа примененье нежное
озаряет мне мозги.
Город мой, зима кромешная,
не видать в окне ни зги.

Выйдем, шарф, укутай горло и
рот мой дышащий прикрой,
пламя воздуха прогорклое
с обмороженной корой

станет синевой надречною,
дальним отблеском строки,
в город высвободив встречную
смелость шарфа и руки.

В блокнот

В сереньком тихом пальто
дождик, как мышкин, идёт.
Что это значит? А то.
Мимо стоит идиот.

Булочку с маком жуёт,
пищевареньем живёт.

Ноль-вероятность прийти
в мир человеком-собой.
Стой, идиот, на пути
глубокомыслия. Стой.

Наискосок перейду
я перекрёсток и весь
в мнимую область вон ту
выйду не-мной и не-здесь.

Лирика

Валерию Черешне

Жаль будет расставаться с белым,
боюсь, до боли,
с лицом аллеи опустелым,
со снегом, шепчущим: постелем,
постелем, что ли...

Летит к земле немой образчик
любви, с испода
небес, всей нежностью пылящих,
летит, как прах с подошв ходящих
по небосводу.

Родительница и родитель
мои там ходят,
и Бог, как друг в стихах увидел,
дарует тихую обитель.
С ума не сводит.

К ним никогда прийти не поздно,
не рано, нервно
не выйдут в коридор и грозно
не глянут. Высвечено, звёздно,
неимоверно.

Жаль только расставаться с белым,
пусть там белее,
с неумолимой рифмой: с телом,
с древесной гарью, с прокоптелым
лицом аллеи.

И мудрость тоже знает жалость
и смотрит мимо
соблазна жить, на эту малость,
на жизнь, которой не осталось
непостижимо.

из книги «Грифцов, элегии

и другие стихотворения»

В обратной перспективе

Как-то раз Грифцов лучезарный
в майской комнате со шкафом зеркальным
был застигнут отцом его приходящим,
что от матери жестоковыйной сбегал то и дело,
а потом и вовсе ушёл и года три не являлся.

Он стоял, преклонив колено, спиною к шкафу,
а Грифцов-ребёнок стоял перед ним и видел
отражение их в зеркале неумолимом.
Пахло от отца шоколадом, поскольку
он принёс коробку и, сдёрнув глянец,
приоткрыл её заискивающе – в углублениях
на ажурных лафетах лежали конфеты.

Был отец женолюбив и ласков,
статен, нежно-розов лицом. Грифцов заметил,
как по правой и левой щеке его поочерёдно
две скатились слезы...
                        А лет через двадцать,
у картины Рембрандта, в Эрмитаже,
сам Грифцов пролил две слезы, постигая
то, что можно постичь не умом, а сердцем:

он постиг обратную перспективу,
где ребёнок в святом ореоле и светоносном
возвышается над блудным отцом слезливым.

* * *

...в маленькой зиме
свет змеится в лезвиях-полозьях,
срез на ледяном зерне –
огненный каток, и люди – парно и поврозь их
вижу – с паром изо рта,
вскользь наклонны и пестро цветисты,
золотая лампочек орда
осадила ёлку, ветра плети-свисты,
с горки с криком сыпь –
бисер детворы ничком, на спинах,
в тёмном небе глыб
оспина луны, и дышит сон в полях остынных,
в маленькой зиме,

в маленькой зиме,
в калейдоскопе
вижу их в паденье и в подскоке,
в парке, в шнуровании конька,
в снег роняют денежку денька,
и ступает ночь уже украденько...

– дяденька, – кричит мне мальчик, – дяденька...

Диалог Грифцова со своей душой

– Столько в юности сил,
что хватило б на святость.
Закосил.
Вот и вся виноватость.

И пока не зачах,
смей признаться
в некоторых вещах,
а не то – упразднятся.

Честь не мог ли спасти
там, где морда
пса в почёте, врасти
в площадь мёртво?

Был, найдя свой мотив
в одиночестве жгучем,
ты правдив
и тщеславьем не мучим?

Так ли сплошь потрясён
смертью брата,
пьяный сон
с век смахнув без возврата,

чтобы к жизни прильнуть,
не смыкая
глаз отныне? Ничуть.
Не прощу. – Кто такая?

– Ты не только не Сын,
ты пребудешь подлогом
человека, один,
то есть не перед Богом.

Хором, слышишь, вопят
в той траншее? –
Обжит дантовский ад.
Твой страшнее.

Весна

У женщин выпятились животы,
идут подруги футболистов,
дыханием приоткрывая рты,
и шёпотом шумят трибуны листьев.

Дымят лотки, страды весенней стынь,
из подтрибунных помещений
везут на свет арбузы дынь,
и почки лопаются без смущений.

Безмозглый мир счастливится дождём.
Дозволь-ка мне не выпад – выцап
когтистой мысли: я о том,
что будь разумен мир – мне не родиться б!

Элегия. Воплощение

Меня, со всеми мыслями моими
и чувствами извивчиво живыми,
как червь, как ветвь, как Критский лабиринт,
где нить горит,
меня, вольфрамовой молниеносной нитью
спасённого, прошьёшь какой-то гнитью?

Мою, со всей листвой и хвоей леса,
где пёстрые мелькают гирьки веса,
пощёлкивая, плача, хлопоча,
где, как парча,
вбирает солнце земляничная поляна,
жизнь распылишь, чтоб стала неслиянна

сама с собой, с великолепьем тождеств,
когда в кругу божеств, а не убожеств
я *то*, что предо мной? – Вот чайный куст,
он многоуст
в своём цветении, он кожист, острозубчат,
а вот ночной корабль, дымящ и трубчат.

Я, подходящий к линии прибоя
ступнёю тронуть вещество припоя,
запечатлённый мальчик, птичья кость,
берущий горсть
песка зернистого, текущего меж пальцев,
я буду вычеркнут из постояльцев?

Корабль плывёт, вода черна, Эвксинский
Понт, а внутри – мир аурелий склизкий,
и звёзд морских, и пурпурных ежей,
шесть падежей,
три наклонения, глагол, предлог, причастье,
пиши в тетрадь, вот слово есть: запястье.

Ты помнишь ли его, из-под манжета
оно виднеется в загаре лета,
а там любовь и солнечный удар,
а там базар,
пропахший паприкой, колендрой, сельдереем,
а там зима пыл охладит Бореем.

Меня, с моею памятью, столь цепкой,
что если я задуман мёртвой щепкой,
то для чего ноябрь, снег в фонаре,
лиса в норе,
подлунные поля, как простыни льняные
из синьки, и оконца слюдяные?

Так въесться в мир, как в мир себя врезает,
зигзагами, как будто разгрызает
пространство, в снеговую канитель
одевшись, ель, –
всходя, над ярусом надстраивает ярус, –
в два профиля неколебимый Янус!

Так впиться в мир, чтоб он в тоске прицельной,
меня увидев с ясностью предельной,
как я – его, меня не отпустил, –
каков настил! –
дощатый, хвойный, ледяной, морской, небесный,
любой – ты без меня пустой и пресный!

Элегия. Плавание

Люблю зашторенные окна, свет не лезет
в глаза, а на столе люблю стихи,
написанные накануне, лепет,
возможно, но люблю их перечесть,
когда захватывает дух на стыке
двух строк: блеснёт находка ли? – бог весть.

А в те часы, когда закончен труд полночный,
люблю сквозь сон разматывать клубок
минувшего, когда, уже неточный,
день гаснет в памяти, но не совсем,
так, улыбнувшись встречному, улыбку,
простившись, всё несёшь – куда? зачем?

Та глуповатость, о которой умный Пушкин
писал в письме, умеет набрести
на свежесть слова, как на запах стружки,
зайдёшь в какой-то двор, а там столяр
орудует рубанком честь по чести, –
люблю живой и благородный дар.

Куда завёл меня мой стих? Я на задворках,
в той мастерской, где строят корабли
игрушечные, где о двух «аврорах»
не слыхивали, только об одной,
шпангоут, рубка, мачта, пота капли
кропят твой лоб и детский профиль твой.

Потом на Каменный поедем, на Крестовский
к веслолюбивым лодочникам, там
по сходням – из-под ног уходят доски –
сойдём и оттолкнёмся, – в путь, пора
взглянуть на шпиль бессмертного эстампа
со стороны, на блещущий с утра.

Люблю точёное скольжение восьмёрок
с глашатаем, сидящем на руле,
изменчивого неба свет и морок,
как в проявителе, дрожит в реке,
кого похитили? – я слышу в гуле
знакомый голос, родственный строке.

Елену? Значит, снаряжайся, Агамемнон,
ты бабьей верности *такой* хлебнёшь,
которая не снилась всем Еленам,
ведь ты ещё вернёшься в отчий край...
Но возвращения претит мне ноша,
обратной лодке не бывать, прощай!

В обратном плаванье люблю *другую* лодку,
она прошита памятью моей,
трагедия бесповоротна, кротко
я должен перечислить инвентарь
и на храненье царские покои
стихотворенью сдать, как щедрый царь.

Расшторить окна, но ни сетований сердца,
ни радости не выдать, гладь да тишь,
рассвет сменился днём, а тот рассесться
успел на троне, – *что* мне эта ширь? –
я с равнодушной вежливостью, видишь,
приветствую ухоженный пустырь.

Элегия. Под линзой

Чем долог долгий день? Собой, подробностью,
вниманием, таящимся под робостью.
Как бы под линзой, день – под рассмотрением,
не временем измерен он, а зрением.
И самый краткий, зимний, как с повышенной
температурой, длится, нескончаемый,
дыханья чёрен островок, продышанный
в окне, где человек мелькнёт нечаянный.

Чем долог день? Подробностью мельчайшею,
кота ленивой поступью мягчайшею,
дымком под линзой, солнцем, в конус собранным,
листком календаря, неровно содранным,
уставленностью в точку, взглядом медлящим,
оцепеневшим, впившимся, несведущим,
пред каждой вещью огненно немеющим,
без мысли мыслящим, без веры верящим.

Вечерним вечером ли, утром утренним –
ребёнок в созерцанье целомудренном,
плывёт ангинный жар и свет малиновый –
без чувств горячий, без молитв молитвенный,
он собран в вещество такой материи,
где время, точно мышь, скользнёт и выскользнет...
Потом произрастут волчцы и тернии
и ветер тот дымок под линзой высквозит,

потом взойдёт бесстыдный, расхрабрившийся,
тщеславный человек, сорняк пробившийся,
искусством одержимый и завистливый,
разящий беспощадной правдой вызленной,
а с ним взойдут признанье и увенчанность...
Вот человек, в союз пророков принятый,
забывший, что смиренность и застенчивость
есть высший дар, по слабости отринутый.

Железнодорожное полотно

Как пробирают они – до дрожи: рельсы,
шпалы, туннели, речные мосты, пути,
будки стрелочников, курганы, бельцы,
брянски, курски, пустопорожние
грохоты, вокзалы, «ручку позолоти»,

с бельмами изоляторов, как слепцы,
идут столбы, цепляясь за провода,
возле шлагбаума промелькнёт подвода,
орски, сызрани, новгороды, ельцы,
«спичкой угости, молодой, да?»,

деревенские дети разинув рты
смотрят на поезд, кофты, платки,
сага промасленных пирожков, палатки,
электростали, дербенты, орлы, читы,
«красивый ты, но есть у тебя враги,

чёрное у них на́ сердце, есть одна
дама треф, сжить тебя хочет со света она,
дай карманную денежку, я её заговорю»,
только железнодорожного полотна
до́роги образы и штрихи, дарю,

как пробирают вот эти, где ты и я
жили, художником не прописанные края,
невинномысски, шахты, кански, ухты,
рельсы, туннели, пути, речные мосты,
«видишь ниточку – это душа твоя».

Город-вариация

В автобусах, троллейбусах, трамваях
то лапки, то крюки массивных лапищ,
на выходе красотка, с ветром справясь,
смущённо оправляет платья парус,
а в небе – стаи перелётных кладбищ,

кричащих, вышитых крестом крылатым
над шестиречьем разветвлённой дельты;
вдоль набережной, пахнущей гуляньем,
проезжие колёса крутят сальто,
а вдалеке Исакий блещет златом.

Советник, секретарь, купец, повытчик, –
сегодня их не распознаешь, театр
шумит, – швея, артельщик, регистратор, –
они из служб своих, как из кавычек,
выпрыгивают и флажками машут.

Сегодня будут состязанья в беге,
бенгальские огни, в балете эльфы
и феи, лотерея, – жизнь на лоне
природы, Петербург весь на ладони,
торгует пёстрой всячиной с телеги.

Вот гувернантки, разодевшись в тряпки,
с дитятями гуляют по проспекту,
прохожий потный пышет вроде топки
и с криком: «Улыбайтесь!» – исчезает.
Своих безумцев светлый город знает.

Он их несёт в корзинке лучезарной,
сплетённой из соломы солнца ломкой,
на дне брусничные брусчатки зёрна,
а между прутьев то Нева, то небо –
блеск облака и плеск воды негромкой.

Ода осени

Когда всей раковиною ушной
прильну, в саду осеннем стоя,
к живому, чувствую душой
с землёй всецело феодальное родство я.
Тогда я завожу интимны
всепрославляющие гимны.

Бывает, что безмерно засмотрюсь,
заслушаюсь и мигом пылко
с жестоким миром замирюсь, –
я, высших милостей усердная копилка!
Чу! Тонкую тропинку, верно,
перебежала горна серна.

Уж затевает шахматы листва,
на тихий пруд слетая мелкий,
секунда в воздухе, чиста,
висит, как на флажке, необоримой стрелкой.
То осень, осень златовласа
ждёт окончательного часа.

Мы станем с ней ушедших поминать.
Ни золотых монет, ни меди
своей мне не на что менять.
Пусть боголюбые мне жизнь сулят по смерти, –
каким бы ни было жилище,
такой не будет духу пищи.

Не будет. Я всегда хочу домой, –
единственный бесценный дар мой.
Фрагмент ограды – струнный строй –
в развилке дерева мелькнёт горящей арфой.
Погаснет? Я и сам немею,
но быть не радостну не смею.

Письмо Гоголя

Едва приехал – слёг,
всквозь до печёнки,
трясясь в некрепкой колясчёнке,
в пути продрог.

От стылых ли камней
гнилого края
как воспалительность какая
в крови моей.

С утра кругом туман
да шум работный,
карман-то у людей неплотный,
пустой карман.

Перекрестясь, пишу:
пришлите денег,
жизнь выметает их как веник.
Я вас прошу.

Хотел скопить, но – чу! –
вдруг вижу платье,
а гардероб – моё проклятье.
Я не франчу, –

сюртук был сильно дран
под мышкой слева...
А я в ответ вам для посева
пришлю семян.

Увижу ли зарю?
Скажу без ячеств,
что существую не без качеств,
хотя хандрю.

Провозглашу как есть,
простите смелость:
в восторгновенье бы хотелось
свой дух привесть.

Чтоб не сидеть порой
поджавши руки,
а пропестрить долину скуки
живой искро́й.

За подвигом умру.
Прожить напрасно,
обравнодушившись безгласно,
претит нутру.

Для вдохновенных струй,
для сладкопенья,
о дух смиренья и терпенья,
любве даруй!

Он

Ему с ней одиночей,
чем одному, но так
в два раза путь короче
до стихотворных благ.
Она чужей чужого,
но всё-таки она,
как выстраданность слова,
равна ему, родна.
Он знает только с нею,
что есть особый свет –
в нём жизнь его крупнее
любви. Которой нет.
Любовь всегда на грани
разрыва, потому
что от безумных маний
покоя нет уму.
А у его простора –
тишь, память, горечь-речь
и глубина, которой
никак не пренебречь.
Ну, выстраданность слова,
пока крепка строка,
описывай чужого
родные берега.

Осень

Лечь в квартире пустой,
глаза закрыть.
Был талантливый, не простой...
Время убило прыть.

Кем притворялся ты
лет пятьдесят,
рифмами наводя мосты?
Пересчитать цыплят

самое время. Покой земли.
Только в стекло –
ветка, – мол, за тобой пришли.
Оно и пришло.

Как узнало ты адрес мой?
Даром следы я за-
метал, не приходил домой,
менял адреса?

Даром? Нет его.
Молодому оставь
погремушку часа рассветного.
Ночь наступает. Явь.

Хлеб не тело, вино не кровь.
Образ отшелуши.
Не говори, что в душе любовь,
там ни души.

В изморози поля.
К нулю сползла
температура. И ты с нуля
начинай, не со зла.

Перед отлётом

Вот он, огненный тамбур, –
здесь с тобой выпивал я не раз.
Это гамбургер, варвар,
это чизбургер, френч твою фрайз.
Здесь я захорошею
и увижу, как в чёрном окне,
лебединую шею
изогнув, проплываю вовне.
В чёрном космосе – жёлтый
куб «Макдоналдса». Музы поют.
Что искал, то нашёл ты, –
чудной жизни последний приют.
Так давай же потешим
душу, глядя на звёздчатый лёд, –
это счастье в чистейшем
виде взято тобой напролёт.

Романс на одной ноте

Вдруг в ночи он забрякал
на гитаре, романс затянул,
и заплакал навзрыд я, беззвучно заплакал,
как на горле петлю затянул.
Потому ль, что сердечно
он фальшивый мотив выводил
и так нежно, так нежно и так человечно
к свету Божьему не выводил.
Что ж, что выпала решка...
Мне ль плацкартной тоской исходить
и чуть что выходить покурить? Что за спешка,
если скоро совсем выходить?

Шекспириада

На сцену, мальчики, я запускаю глобус,
шекспировского мозга чудный образ!
Всем серым веществом вы, облака,
сорвавшись с мест, развейте скорость мысли!
Эй, мальчики, в какой вы бочке кисли?
Где карта дней? Сыграем в дурака!

На сцену, праведники, прохиндеи, ведьмы!
Ударим в гонг, и если гонга медь мы
разгорячим и расхрипим на все
лады, склонив её к разноголосью,
то колесо событий скрипнет осью.
Где белка, чтоб вертелась в колесе?

Эй, палачи, на сцену! Скрутим в рог бараний
свободу, площадной отвесим брани
галантности, наукой устращать
потешимся! Куда вы, горожане?
Рабы, тащите хворост, чтобы Жанне
д'Арк ярче было сцену освещать!

А вот и плаха! Пей горластый воздух горний,
поднявшись на помост! Мир – живодёрня.
Скользят в крови постыдные стада,
бездарность алчет мести и клокочет,
порок в чести, пророчица пророчит
и, стихнув, говорит: «Я жить сыта».

Твою любовницу убьют, трусливый ратник.
Развратница, погибнет твой развратник –
не всё тебе, мужеубийца, рай.
Стук в дверь. Никак Орест пришёл с Пиладом?
И тот же по Макбетовым палатам
несётся стук – привратник, отворяй!

К вам, недоноски всех мастей, сыны рептилий
и крыс, которых в жизнь недородили,
из тени Клитемнестры выйдет тень
отца великомученика-принца.
«Что? Крыса? А не хочешь ли гостинца?»
Вот окорок – крюком его поддень.

На сцену, шваль! По вашим душам, отморозки
и бляди, не кудрявые берёзки –
осины сохнут. Ты ещё в парче?
А ну как поменяешься ролями
с тем, кто своими давится соплями
и смрадно тонет в собственной моче?

На сцену, мальчики, пусть не избыта скверна,
и серный облак далеко не серна,
и ломятся от мёртвых яств столы...
Пока есть Ариэль на небе звёздном,
Бирнамский лес идёт не в переносном –
в прямом стволовом смысле на стволы.

Стихи

Я искал, где они ютятся.
В магазины ёлочной мишуры
заходил, засматривался на шары
(да святятся!),

в вечереющем ли предместье,
ноющем как укол
под лопатку, в неоновых окнах школ
(много чести

месту пыток, где ходит завуч
с тощим на затылке узлом,
в костюме, стоящем колом),
в парке, за ночь

ставшем чистой душой без тела, –
точно зрение оступилось в даль
и наклонная птица диагональ
пролетела,

я искал их на Орлеанской
набережной шарлеанской и в том
великодушии (с поцелуем-сном,
его лаской), –

в том единственном, пожалуй,
за что можно ещё любить
(так чувствовал Сван, готовясь забыть
жизнь, усталый),

в море, щуршащем своим плащом, –
вдоль него вечно бы с тобой брести! –
я искал их, не видя смысла, прости,
больше ни в чём.

Ночью вздрагивал, шёл на шорох,
память перерыл, как рукопись, вспять,
и когда отчаялся их искать,
я нашёл их.

из книги «Исчезновение»

* * *

птица копится и цельно
вдруг летит собой полна
крыльями членораздельно
чертит в на небе она

облаков немые светни
поднимающийся зной
тело ясности соседней
пролетает надо мной

в нежном воздухе доверья
в голубом его цеху
в птицу слепленные перья
держат взгляд мой наверху

* * *

Любезный брат и друг духовных выгод,
когда я вижу мост, я мыслью выгнут,
а сердцем серебрюсь, как под мостом
течение малейшим лепестком.

Великотрепетный мой друг светлейший
(немедля назовём ветлу ветлейшей,
а то ещё бесследно расхотим),
приветствую тебя, ты мне родим!

Возьми хоть что, хоть жизнь автомобиля,
смотри, как он проносится, двужиля
и шинами шипя то «ш-ши», то «ш-шу»,
и я ему с обочины машу.

Собачиной, я слышу, брат вольготный
(поскольку для Господней воли годный),
меня подразниваешь, вот и зря:
собачина к обочине, сестра,

по сути льнёт. Я весь живу, и весь я
добычей стану птичьей поднебесья.
Как изумруд травы я изумлён:
все изомрут – едва лишь из пелён.

Задумайся, на рассмотренье падок
вопросов с разноцветьем праздных радуг,
духовных пагод друг и нежный брат,
над тем, чему так горестно я рад.

Чему ряд писем, брезжущих в словарном
внезапном срезе кварцем лучезарным,
я посвящу и, птичками сложив,
пущу в неукоснительный прорыв.

Безумец

Средь навзничь облетевших зодчеств,
в дождях косых,
я был свидетель крупных одиночеств,
причём своих,
и горько плакал, но потом, упрочась
в себе, затих.

В руках есть мячик, он резинов,
его подбрось –
и он летит, пока я, рот разинув,
стою, небось,
вздымая руки, и затем, раскинув,
их вижу врозь.

Ты спросишь, много ли в том проку?
Но света сноп
идёт сквозь это лыко в строку.
А мячик шлёп –
и катится себе неподалёку.
И день усоп.

Я приближенью ночи рад уж
совсем: строчит
швец травчатый, и хор древесных ратуш
во мне звучит,
и слышу проходящий шёпот: «Брат наш
опять мычит».

Они прогуливают перед
тем, как прилечь,
себя, а то замедлятся и вперя́т
свой взгляд, как с плеч
его долой. – По-видимому, верят,
что я их речь.

«Ий-ий», летя, мне вторят птицы,
«ий-ий» вдали,
пока к заутрене я им гостинцы
крошу земли,
а там идут и гасят свет гасинцы.
«Ий-ий!» Ушли.

Цапля

Сама в себя продета,
нить с иглой,
сухая мысль аскета,
щуплый слой,
которым воздух бережно проложен,
его страниц закладка
клювом вкось, –
она как шпиль порядка,
или ось,
или клинок, что выхвачен из ножен

и воткнут в пруд, где рыбы,
где вокруг
чешуй златятся нимбы,
где испуг
круглее и безмолвнее мишени,
и где одна с особым
взглядом вверх,
остроугольнолобым,
тише всех
стоит, едва колеблясь, тише тени.

Тогда, на старте медля,
та стрела,
впиваясь в воздух, в свет ли,
два крыла
расправив, – тяжело, определённо
и с лап роняя капли, –
над прудом
летит, – и в клюве цапли
рыбьим ртом
разинут мир, зияя изумлённо.

Мелодия

Слышишь, слуху повинуясь,
тихий рост травы?
Волны к берегу, волнуясь,
припадут, волхвы.
Припадут, в песок зароясь,
поднесут дары,
радость хрупкая, как робость,
утренней поры.
Звук идёт переливаясь:
Валтасар, Каспар,
Мельхиор, – перевиваясь,
превращаясь в пар.
В пар, в дыхание дитяти.
Бог, и Царь, и Смерть
в Нём раскинут, как распятье,
тройственную сеть...
Но покуда – сеть рыбачья,
пристальный покой,
пристань, редкая удача
лодочки вон той.

Классическое

Когда умрёшь и станешь морем
с безликим разумом его,
ещё рифмующимся с горем,
но забывающим родство, –

тогда ты в раковины эти,
в их розовую белизну,
вшуршишь с песком тысячелетий
свой шёпот и предашься сну.

И будет этот сон огромен,
как затонувший мир, как свет
затопленных каменоломен,
которого повсюду нет.

Повсюду – нет. Но зренья редкость,
но, как испарина во сне,
накрапа краткая конкретность
проступит вдруг на валуне,

но птичий шаг, но тихий ужас,
но время хищное в зрачке,
но шатким троном краб, напружась,
ещё топорщится в песке.

Два птичьих фокуса

Зимой

Незримые, но к зренью по пути,
под солнцем накренившись в небе зимнем,
рассеребрятся голуби, – почти
как из кармана фокусника в синем
пересверкнёт в подбросе конфетти.

Летом

Внезапный дрозд стиха на ветку прыгнул
и ветку выгнул.
И так зазеленело со двора,
что стало пять утра.
Потом второй туда слетел, пружиня,
и засвистел, разиня.
Мгновенье – и прижился он,
прижимистый до жизни, цепкий сон.
У третьего смеялся в клюве листик.
Кто, Велимир,
их траектории рассчитывал? Баллистик?
Сорвавшийся с когтистых растопыр
(мир так безосновательно был вынут
и вырезан внутрь яркости своей,
как ящик фокусника: выдвинут и вдвинут) –
ты кто, перепорхнувший средь ветвей?

Жизнеописание

Вот-вот начнётся штурм.
Кленовых листьев взвод
вдоль тротуарных урн
и фонарей ползёт.

Вчера захвачен парк,
теперь вдоль мостовой
шарк гимнастёрок, шарк,
ползущий шарк живой.

На выкрик ветра все
взметнутся, и – внахлёст –
за взорванным шоссе
взлетит на воздух мост.

Миг битвы золотой, –
и, медлящий упасть,
за третьей высотой
взвод ляжет в жаркий пласт.

И если по ветвям
свет солнца пробежит, –
какой светоний там
средь цезарей стоит!

На фоне города

Человек вращает яблока полуогрызок
средним пальцем и большим,
указательный к ним тоже близок,
белозубый человек непостижим.

У автобуса прощаются ступенек
молодые, обострившимся лицом
плачет девушка, и глаз её, как пленник,
скорбно смотрит над его плечом.

И поёт нежданно женщина проездом,
серебрится поезд в темноте,
никому своим весельем бесполезным
зла не делает, и нет его нигде.

Из Катулла

Я как вспомню ревность, мальчик: она с другим,
и увижу, что они делают, мальчик, – страшней, чем смерть.
Но теперь сравнится с этим только «хер с ним».
Или «с ней». Но ещё равнодушней. Посмеиваешься? Не сметь!

Ни как он ведёт меж её ветвей сладостную ладонь,
ни как пальчики её прикасаются к явственному суку,
я не помню. Ни как их объемлет, так твою мать, огонь.
Хоть убей, их стенанья, мальчик, – поверишь? – не на слуху.

Да горит тот проклятый год в необратимом огне,
о, во веки вечные, с ненавистью моей. – С такой,
что когда бы не сделал небывшим бывшее Всемогущий, мне
бы пришлось, бы-бы, бы-бы-бы, это сделать своей рукой.

И когда бы нынче мы пахотой с ней занимались, и соль
разъедала бы спины наши, плечи, мальчик, лобки и лбы,
и она меня спрашивала бы, пахотно ль, хорошо ль,
как тогда, сослагательно выл бы в плечо ей: бы-бы-бы.

Но теперь не то. Клетки мозга, в которых стояла вонь
и по зверю жило, и всяк в том зверинце сжирал своих,
опустели и отмерли, мальчик. Меж тех ли ветвей ладонь
я веду? Не помню, – сильней, чем мёртвый не помнит живых.

* * *

Случается, днём переулочным
катают больное дитя.
Столкнёшься со взглядом придурочным,
и слёзы задушат тебя, –

так бродится зябко в тиши ему,
как если б он был обращён
всей нежностью к Непостижимому,
отвергнут и тут же прощён.

* * *

Боже праведный, голубь смертельный,
ты болеешь собой у метро,
сизый, всё ещё цельный.
Смерть, как это старо!

Ты глядишь на обшарпанный кузов
мимоезжего грузовика
и на гору арбузов.
Пить, впиваться бы в мякоть века.

Воздух. Жар. Жернова.
В этом белом каленье
изнутри тебе смерть столь нова,
сколь немыслимо в ней обновленье.

Или чувство твоё
новизны так огромно,
чтоб принять Её в силу Её,
Боже горестный, голубь бездомный?

Сон памяти друга

Как дерево корнями,
вглубь прорастает сон,
и зыблется огнями,
перевиваясь, он.

Перебиваясь с хлеба
на воду тех краёв,
где очевидней небо
и безусловней кров,

он миг спустя петляет –
и, невесом и тих,
бродяжит и плутает
в краях, где нет живых.

Ни рая нет, ни ада,
ни логики земной,
но у́мершему надо
там встретиться со мной.

Там, как в часах песочных,
как перешёпот двух
времён, сторон височных,
есть абсолютный слух

у жизни и у смерти,
на перешейке сна.
Прильнув к тебе, на третью
ночь, донырнув до дна,

я спал, и было сладко
мне этой ночью спать,
так в книге спит закладка,
уставшая читать,

в созвездье слишком близких
букв, чтобы видеть. Но
душа, казалось, в бликах
ночных, с твоей – одно,

душа, казалось, сдастся,
и ей в земной предел
вернуться не удастся.
Да я и не хотел.

* * *

Женщина смотрит на беглые очертанья
облака, на летящее его таянье,
щурится, говорит: он там.
– Где? – Вон там.

Это утро на финском
взморье, сосновом, близком.

Мальчик, завёрнутый в махровое полотенце,
и полусолнце из полудетства.
Он балансирует на одной ноге
невдалеке.

Это первые затеванья
возраста: переодеванье.

Девочка на прибрежной
полосе тут как тут, –
от одного песчаного замка нежный
танец к другому, бабочки необязательный труд.

Это тельца её свеченье,
это первый укол влеченья.

День измеряется тиканьем
на мелководье мальков,
с их прозрачным и тихоньким
тиком и позвоночной извёртливостью рывков.

Это первые выпаденья
в Его владенья.

День измеряется перебираньем
ягод вечером ранним,
отрыванием звёздчатой зелени
от клубники и обнажением её белокруглой лени.

Это первые утоленья
взгляда на облако в отдаленье.

* * *

завёрнутая в одеяло
кастрюля варёной
задохшимся жаром пылает
за дверью слегка притворённой

ждёт после работы
ещё носоглотки леченье над паром
ещё с боковою застёжкою боты
сырым тротуаром

ноябрьским и день рожденья
и левитановы обращенья
картофельный бело-рассыпчатый сон
жизнь я потрясён

вниманье твоё скрупулёзно
столь близкую даришь
мне встречу с кем розно
и в памяти шаришь

и там обещанье
находишь такое
как медленное обнищанье
календаря отрывное

как если бы помнил оттуда
сегодняшний день
задохшимся жаром пылает причуда
и замертво падает тень

* * *

Как у зеркала, напомаживая губы,
делала их немного внутрь,
и тогда розовели зубы.
На работу выход в раннюю утварь утр.

Там застёгивается вдали Нева,
как теченье времени, на прозрачный лёд.
И остроги и острова
коченеют, и ярко дымит завод.

И глаза слезятся по Цельсию.
Те сцепленья льдин,
остановленная процессия, –
это время, ставшее в будущий миг один

образом. Теста под полотенцем замес
вафельным в одну из суббот.
Вечерами играла вдруг полонез
Огинского, смеясь и сбиваясь с нот.

Вот что осталось от жизни:
запах холода в чёрно-бурой лисе,
тёмно-сине-зелёные выси
неба зимнего, преломляющиеся в слезе.

* * *

Он убедительно пророчит мне страну,
Где я наследую несрочную весну...
    Е.А. Баратынский

Когда я поворачиваюсь на бок
и вижу в полусне тахту и пару тапок
под ней, и на тахте отца,
как он лежит, вдруг всхрапывая, в той же позе,
что я, когда в подушку пол-лица
вмяв, руки на груди скрестив, когда, как в прозе,
я в сумрачную комнату вхожу,
в деепричастном полуобороте
его запоминая, и вожу
пером по белому листу, темнеющему вроде
окна, где снег и небо пополам,
и день кончается и гаснет по углам,
когда, почувствовав мой взгляд
или услышав половицы
скрип, он проснётся, невпопад
почти что крикнув со страницы:
«Что?» – «Ничего, – отвечу, – спи, мне это снится».

Исчезновение

Был праздник, шли крикливые латинос,
визжала санитарная сирена,
и площади в огнях цвела арена
(в один из дней, в один из дней, в один из).

И вдруг всё истончилось, мимоходом,
и, нежная, из праздничного гула,
день обезличивая, ночь прильнула
(да что там ночь, да что там),

и из окна романс донёсся: «Если,
как звёзды, мы с тобою отпылали,
была ли жизнь, была ли, ла-ли, ла-ли?
И есть ли, есть ли?»

Пока там некто пел, точнее – пепел,
я бросился к витринной чёрной плеши,
где должен был бы встречным быть себе же,
но не был.

из книги «Ладейный эндшпиль»

Учтивость

Такси с коврами, впихнутыми в пасть
багажника, – иранцы! – мчится мимо,
чтобы, вписавшись в поворот, пропасть.
Совсем пропасть? Совсем. Невозвратимо.

Японец на почтамт несёт письмо.
Над ним, в тяжёлой грации движений,
два облака, как два борца сумо,
плывут на юг, толстея от сравнений.

Щепотка мексиканских женщин ждёт
автобуса, который на подлёте
и скоро подчистую их склюёт.
Совсем склюёт? Совсем. Прощайте, тёти.

Прощайте, люди. Временная жизнь
почти прошла, – сужаясь как воронка,
она меня сверлила: ужаснись!
Но я безмолвствовал и улыбался тонко.

Причастие

Небеснейшее помню дуновенье
в трамвае на Литейном, ясным днём, –
я совершенно умер в то мгновенье,
но вспыхнул свет – и я очнулся в нём.

С тех пор в тоске я замираю часто
и думаю, что этот чудный сбой
есть первый миг продлённого причастья,
когда душа прощается с тобой.

Счастье

Я вынимаю монпансье.
Ты помнишь их на вкус: лимон,
малина, вишня, – эти все
гремушки? Да? Не удивлён!

А круглый домик жестяной?
Взял в руки, повернул, чуть сжав,
открыл... Ты всё ещё со мной?
О, россыпь с пряностью приправ!

Весна. Флажками шапито
трепещет в парусной красе.
Демисезонное пальто.
В кармане банка монпансье.

Суть дела

Точка засыпания прекрасна
как ничто на свете, так легка.
Только что не спал – и вдруг погасла
вся эта латерна магика.

Ровное прервав повествованье
и перечисление вещей,
нам представить наше расставанье
следует исчерпывающе.

Чтобы его встретить не проклятьем,
даже и не сожаленьем, но
благодарностью, простым приятьем.
Остальное не существенно.

Рождение времени

Славе Вольфсону

Шланг легонько так извивается,
из него вода изливается,
помидором гретым воздух тяжёл,
к шлангу я подошёл.

Жарко жар идёт-поднимается,
полуспит дитя, скукой мается,
георгин на грядке ярко-мясист,
как матисс-аметист.

Подбираю шланг с замиранием,
двор дрожит стрекозиным реяньем,
поливаю двор, в солнечном свете,
в радужном забытье.

Распылённая вода катится
по траве и десятикратится
разбегаясь, ставнями дом закрыт,
дом прохладу хранит.

Лето длится, лето бессрочное,
золотой цикадой прострочено,
циферблат-подсолнух в огне стоит,
тяжесть-время таит.

В доме бархат побелки на ощупь,
а за круглым стеклом стрелок росчерк.
Отражением дня зажглось стекло, –
дрогнув, время пошло.

Радиоспектакль «Иванов»

Алле

Одна из коммуналок родины.
Темно. Соседи Приколотины.
Все вещи неуютной комнаты
тоскливым вечером приобняты.

Тебе лет десять. Завтра школа.
Тарелка радио у пола.

Околеванца нет... Околеванца?
Ты что-то загорделась... Загорделась?
Предгрозового фьють немного солнца, –
в буфете рюмка загорелась.

Ты сослан к тётке. Где родители?
Они в раздоре? Их похитили?

С тобою, Коля, жить такие муки...
Ань, глядя на тебя, мрут мухи...
Соседка, а соседка, дайте рубель.
Соседкина фамилия Рейхрудель.

Накрапывает. Подоконник. Скрежет
трамвая угол Кирочной отрежет.

Потом романс «Я вновь перед тобою...».
Светло-вишнёвые обои.

В квартире шумно, многожительно.
И некуда деваться положительно.

Я всё снесу. Куда снесёшь? Не смей.
В ломбард. Мне опротивел мой
дом. Я не выдержу своей
насмешки над самим собой.

Пора и честь знать. Что за чёртов дом...
И с улицы, как выстрел, гром.

Вина

Помню ещё *иглы*
проблеск и мать, она
шьёт, в закоулке мглы
лампой освещена.

А на исходе дня
зимнего, под окном,
держит она меня
за руку перед сном.

Лет через сорок пять,
в том же углу, она
всё, что могла, – лежать,
парализована.

Руку её держал
маленькую, когда
в путь её провожал
отсюда туда.

С нею был, но не весь,
тёплой была рука,
в том виноват, что здесь
оставался пока.

Жизни тонкая нить
вдета в иголку-смерть.
Чтобы вину избыть,
следует умереть.

Дитя возле пекарни

он стоит в окне смуглый бог
и раскатывает теста комок
скалкой быстрой до тоньшины
до песчаной белой его тишины
а потом он вертит в воздухе гибкий лист
цирковой артист
а потом он валяет его в муке
и висит раскатанный на большой руке
на руке большой мускулистой
вечер огненно-мглистый
вечер огненно-мглистый
я смотрю как он режет перец и помидор
как шинкует съедобный сор
натирает сыр смуглый бог красив
моцарелла мидии чернослив

как откроет он раскалённу печь
так во мне шевельнётся речь
я хочу увидеть как из печи
пицца выедет круглая и мелькнёт в ночи
полушарием карты мелькнёт почти
погоди погоди
не тяни не могу наглядеться я
там италия это греция
тянет мама за руку неумолчно
млечный огненноночный
млечный огненноночный
путь над площадью противень раскалён
по наклонной разгон
и всех запахов и цветов прилив
моцарелла мидии чернослив

У стены

Памяти Иры Служевской

За того, кто болен неизлечимо
и кому так страшно в ночи сейчас,
помолись, прохожий, идущий мимо,
возле стен больничных остановясь.
Всё, к чему ты себя приладил,
разрастаясь то ввысь, то вширь,
знал и тот, который утратил
смысла праздноцветущий мир.
Там борьба не на жизнь, а на смерть,
вникни, – может быть, в кирпичи
вшепчешь силу, с которой гаснуть
легче будет измученному в ночи.

Стоп-кадр

Документальный фильм. Расстрел.
Вчера смотрел.

Толкают в яму,
допустим, Зяму.

Земля сыра.
В голове дыра.

Теперь стоит раскидистое дерево.
Посёлок Зверево.

из книги «Читающий расписание»

В яркости

Мне жизнь припомнилась отчётливо,
я вдруг увидел кухню в яркости,
где мать с отцом неповоротливо
готовят скромный ужин старости:
пугливым круговым движением
обнесена конфорка спичкою...
В окне и в сердце отражением
той кухни с чиркнувшею птичкою –
я взволновался весь и в трепете
стал собирать слова, чтоб выдержать
напор тоски и в этом лепете
из пристальных видений выбежать.

Жена

Непоздний вечер. Восемь пятнадцать.
Жена ушла спать и прикрыла дверь.
Она сумасшедшая. Восемь шестнадцать.
На площади за окном отдыхает сквер.

Я слушаю ветер. Восемь семнадцать.
В него вплетается щебет птиц.
Жена любит каждый день просыпаться
и плыть на работу, где скопище лиц.

Она на чулочной фабрике двумя руками
девять часов шьёт целый день,
им выдают зарплату иногда коврами,
мы отдалённо не знаем, куда их деть.

Она садится на пристани в белую лодку,
в пять десять отчаливает, пока я сплю.
Я поздно лёг, я жалел жену-идиотку.
Я сам не знаю, как эту жизнь дотерплю.

В паре

С понедельника целиком забиваюсь я в тишину,
становясь опять перебежчиком от одних
выходных к другим: молчаливо жну,
что посеял, сею опять, заготовляю жмых.

А жена забивается в свой за стеной отсек,
что-то мелет, просеивает, варит, ткёт.
И соседи – стекольщик, молотобоец и дровосек –
не покладая рук работают, эти два и тот.

Нас с женою держит мысль на плаву,
что пойдём в выходные кормить в пруду
черепаху, – она из панцирной книги своей главу
выдлиняет морщинисто, просит дать еду.

Мы с женой не очень-то меж собой говорим,
только держимся за руки иногда,
а свободными – бросаем еду, и так стоим,
и слегка краснеем, если кто видит нас, от стыда.

Часы и очки

Я вспомнил друга юных лет
и за два шага до входных
ворот заплакал: друга нет.
Потом, когда вошёл я в них,
такой случился разворот
в движеньях жизни: снял очки
и положил их на комод,
к часам (я слышал их скачки).
Потом немного отошёл
и оглянулся – как лежат? –
и заново к ним подошёл –
нехороши они на взгляд.
Нет соразмерности начал
у двух вещей: то далеки,
а то близки чрезмерно. Стал
часы я двигать и очки.
Потом волненье улеглось.
Пришла жена, глядит: часы
лежат согласно, хоть и врозь
с очками в капельках слезы.

Диктант

Синь беспредельна.
Воздух бесплотен.
Утро прицельно.
Вечер вольготен.

Отдых отраден.
Тяжесть несметна.
День беспощаден.
Ночь милосердна.

Радость животна.
Грусть человечна.
Жизнь мимолётна.
Смерть бесконечна.

Орёл

Прилетела птица, сидит под окном,
перья вздыблены, смотрит вяло.
В человеческий рост. Я сказал потом:
«Кто сидит там?» Она сказала:
«Кто сидит?» Я сказал: «Сидит у окна
птица. Дыбом серые перья». –
«С перепою привиделось?» – сказала она.
Я сказал: «Глянь сама, моя пери».
К запотевшему ноябрьскому окну
она подошла, увидела и сказала:
«Это – птица орёл». Я взглянул на жену –
в ней глаза были – два вокзала,
провожающих неизвестно зачем, куда
и кого, провожающих два – и точка.
«Может, это решка, а не орёл?» Ни да
не услышал, ни нет. Ни одного гудочка.

Приёмный день

Жена поднимается в пять,
ещё за окном темно.
У нас так рано вставать
издавна заведено.

Я поднимаюсь в шесть,
тоже не поздний час.
Выпал снег? Так и есть.
Я зажигаю газ.

Вижу: полуодетая у окна
полуспит, и я полусплю,
а потом она
гладит юбку свою.

Не разминёшься вдруг –
тесно. Хоть мы года
вместе, но стесняемся друг
друга-то иногда.

Раньше мы голых тел
не стыдились с ней, –
видно, ангел слетел,
который скромней.

Ангел не любит спешить.
Нам этот день с женой
надо усыновить,
чтобы он стал родной.

Блокадная баллада

Жили мы на Шкапина, трое в комнате,
улица вела к вокзалу, вокзал – к стране,
улица промышленная в саже-копоти,
мать, мы с братом, отец на войне.

В память невеликую мою, утлую
врезалось: воронка, мы с соседом моим
смотрим, как откачивают воду мутную,
воду мутную, вдвоём стоим.

После –голод, крошки хлеба не выклянчишь,
трупы сплошь: на тротуаре, на мостовой,
я боюсь покойников, но сердце выключишь –
и живёшь как мёртвый, но живой.

Штабелями складывали их в загоне
у вокзала нашего, помню, что когда
одного несли – в нём булькала, как в бидоне,
переливалась внутри вода.

Что ужаснее мора многолюдного?
От ранений лучше погибнуть пулевых,
но в сраженье, а не от голода лютого,
от нехватки плодов полевых.

Жили мы на Шкапина, двое в комнате,
мать пристроила брата к добрым людям, след
затерялся надолго в военном грохоте,
а нашёлся через тридцать лет.

Животину выпятивши рахитную,
помню, как девчонка плачет, щёки дрожат,
что отец лежит, лежит да под ракитою,
а над ним что во́роны кружат.

Многого не помню, мал я был годами,
к третьему лету войны начал доходить,
тётка Люда съесть меня предлагала маме,
людоедка, что и говорить.

Плач недавно я читал Иеремии
и, когда на это наткнулся, весь притих:
руки мягкосердых женщин детей варили,
чтобы стали пищею для них.

Словом Господа всё земное сдобрено,
тех, мол, и наказываю, кого люблю.
Значит, нас любил Господь как-то особенно.
Да, особенно. Вот и терплю.

из книги «В чуть видимом прочесть»

Меланхолическое напутствие

Под окном кто-то шаркает,
облетает листва, что ли, сыпется,
да роскошным подарком
всё сырая земля не насытится...
Из того, что имеется,
ничего не обязано следовать,
и когда потемнеет
окончательно, стоит ли сетовать?
Небо тучами застлано.
Не зови свою веру в свидетели,
никому не воздастся
за смешные его добродетели.
Просто круговращение,
возвещённое солнечным эллином,
оборвётся – ни вещи,
ни лица – ничего, что напели нам.
Кони, что ли, возничего
ржут, но если оказия выдалась,
трогай, нет ничего там
из того, что живому привиделось.

Антиклея – Улиссу

Ни иссушающий лиловый зной,
ни гибельный пожар лесной,
всю живность из страны угнавший,
ни эпидемий падаль, вонь и гной,
ни зимний ветер с моря ледяной,
пронёсшийся над кровлей нашей,

ни мерзости, творящиеся там,
где не насытиться поганым ртам
властителей кровавой пищей,
где, уподобившиеся скотам,
их воины шныряют по кустам
со шлюхами и пьют на пепелище,

ни скорбь беспомощная, ни мой гнев,
когда толпа хвалою нараспев
насилие обожествляет
(так бойню воспевал бы хлев)
и вдруг, в однообразье озверев,
срывается с цепи и, скалясь, лает, –

ничто, мой сын, не отняло меня
от воздуха, земли, воды, огня –
зной не спалил и стужа не сковала,
и если нынче смерть – моя родня,
то потому, что не было ни дня,
чтоб по тебе душа не тосковала.

Улисс в подземном царстве

– Как несносен
ветра вой... Слышишь эту скорбную осень?

– Осень, знаю.
Но не слышу, не вижу, не осязаю.

Я всего лишь
сон твой, сын, ты себя-меня им неволишь.

– Трижды душу
я хотел обнять твою. Разве я трушу?

Трижды руки
я тянул к тебе. Сокрушительней муки

нет на свете,
чем твоя недоступность и тени эти.

– Нет у мёртвых
ничего, что есть у людей, плотью гордых.

Нет ни силы
той, которой состав твой скрепляют жилы,

ни души нет.
Я твой сон. Ты оплачь его. Пусть он сгинет.

А покуда
не усвоить тебе загробного чуда,

подвиг ратный
жизни, сын мой, зовёт тебя в путь обратный.

Элегия. Семейная сага

В чуть видимом прочесть, а часто –
в невидимом. Хрустальный зверь повис
над скатертью – разбитый вдрызг, лучистый,
осколками сверкает сверху вниз.
На скатерти закуски в узких лодках.
Графин. Стрекочет речи ручеёк
семейный. Семенящий, в позолотах
ночных огней, дождь за окном. Очаг.

Седой хозяин у рояля. Счастье
романса. Хризантемы. Баритон.
В чуть видимом прочесть, а часто –
в невидимом. Таинственный тритон
продольной памяти, продольно-поперечной,
притон подсвеченный. Хозяйка. Нежный сын.
Его невеста. Скоро жизни брачной
рассвет, а с ним закат. Лучи глубин.

Учи любви уроки, гость случайный,
ещё ты мальчик в дебрях тех квартир,
где запах старости и кухни выжелт чадный,
а дверью ошибёшься – там сатир
танцует с нимфою, и всё подробней,
всё стереоскопичней и родней…
О, хриплый патефон! Захлопни
дверь и оставь козлиный миф за ней.

Взгляни туда, где летних дней отрада.
Цветёт тяжёлой поступью сирень,
и просится в стихи веранда,
и пастушок фарфоровый, свирель
целующий, стоит на этажерке.
Родится новый мальчик между тем,
а прежний станет юношей, и тень
падёт на прошлое по скорбно снятой мерке.

Чуть что – хозяйке скорую. Укол.
Сбегались тётушки, добрейшие золовки.
Хозяин первым всё-таки ушёл.
Поминки. Хризантемы. В позолотах
ночных огней... Хозяину вослед
ушла супруга. Торною, конечно,
тропинкой ковылять – не столь кромешный
кошмар, ведь там супруг. Закат. Рассвет.

Закат. Лет через сорок «новый мальчик»
погибнет, а отец (тот «нежный сын»),
болельщик, будет сутками один
смотреть бесстрастно, как гоняют мячик.
Когда-нибудь ударят по мячу
последний раз, и к сыну, не переча,
сойдя, он молвит: я заждался встречи.
И скажет сын: пойдём, я посвечу.

Элегия памяти

(перечитывая Л. Чуковскую)

Жил на Чайковского я, потом на Шпалерной.
Что ни адрес, Софья Петровна, то скверный.
Разве что нам повезло –
те же парадные и подворотни, но зло
сникло – казалось, того и гляди растает,
даже пригрезилось: рассветает.
Так ли уж рассвело?

Тот же февраль и та же калошная слякоть,
но, кроме ветра, никто нас не смел облапать
и обыскать. Те же окна во льду...
Разве что нету
больше трамваев – огни их цветные на лбу
вылетели из памяти как в трубу.
Я узнавал номера их по цвету.

Эти «месткомы» ещё или «парторги»
шастали по словарю, точно крысы в морге,
но «треугольник»
стал геометрией вновь, покинув палату
умалишённых, но выдавали зарплату
в амбразуру окошка – в такую когда-то
ты свой голос протягивала. Где твой невольник?

Ящик ещё почтовый – письмо тебе снилось? –
«Правда» торчит... Убиенные (всё прояснилось!)
писем не пишут... Отстроились города.
Где та старуха, молящаяся, как на икону,
на ящик, взывающая к закону?
О древнегреческий хаос, эпитетом наделённый...
Организованный, да.

Организация! Всё, что бесчеловечно,
сплачивается крыснознамённо, увечно.
Нет и не будет письма.

Пушкин ошибся: и посох в руках, и сума, –
и пока ты по городу – быть ему пусту! – бродила,
Софья Петровна, автор тебя пощадила
тем, что свела с ума.

Так ли уж рассвело? Горбуны и плюгавцы
в тех же палатах, и – черви их белые пальцы,
лица их – мясо.
Так не забудем же, проходя мимо Спасо-
Преображенского, крестного её часа,
набережную – не дай повторения Бог той
ночи! – с восходом над Охтой.

На горизонте

Пока зонтики шли, чёрные зонтики,
и осень всхлипывала, всхлипывала,
вдруг увидел маму на горизонте
памяти, и меня ослепило.
Ясно увидел комнату, свет белый –
третий год, как она лежала, –
пока зонтики шли и листва летела
в будущем, и впивалось в меня жало.
Как она не могла сладить, сладить
со своей рукой или речью.
Если славить, только святого славить,
не проклинающего удел человечий.
Она всматривалась в окно, чтобы
это будущее моё увидеть
без себя, в дождь подробный
вжить печали глаз своих, в его нити,
чтобы они вернулись, вернулись, –
пока зонтики идут, чёрные зонтики,
и осень всхлипывает всхлипом улиц, –
и ослепили меня на горизонте.

Элегия сборов

Я собираюсь. Паспорт, ключ, билет,
зубная щётка, мыло, полотенце.
Двойной (с учётом зеркала) балет,
томительный, и, вроде заусенца,
тревожащее чувство: нет пути.
Треклятый дятел, тюкающий в темя.
Не то чтобы я вещь не мог найти –
не помню, *что* искать. Не выйти. Время!

С порога вспять – и вновь нутро
квартиры, и кружение в гостиной,
в столовой, в спальне, в кухне. Нет. Зеро.
О, летний полдень, долгий и пустынный.
Сандалии. Хламида. Шлем. Копьё.
Дремучий дом. Где талисман удачи?
В коробке в том углу, зарыт в тряпьё.
Обол в кармане. Если что – без сдачи.

Я собираюсь. Скрупулёзный труд.
Но что-то мелкое забыто.
Не главное. Как, вещь, тебя зовут?
Ты не разбитое ль корыто?
Объёмы воздуха по комнатам стоят.
Прозрачный мрамор. Солнечные нити.
Где Ариаднина? Все вещи мёртвым спят
сном по коробкам. Время! Но не выйти.

Пленённый скарб, и ты его конвой.
Но как судьбу переупрямить?
На стену тень легла. Моя. Кого
позвать, чтобы обвёл, запечатлев на память?
О, выйти, выйти. На тебе лица
нет. Выброситься из порочной яви!
Складной алтарь, микенский меч, овца,
таблички, жемчуг в золотой оправе.

Трофеи: два оливковых венка.
Три вазы. Лира. Да? Не много ль чести?
Вострепещите, ветхие века!
Я на пороге. Марафон на месте.
Пространство замкнуто. Спасительная брешь,
найдись! Что длит мою истому?
О, держит, может быть, не вещь –
страх и увечная прибитость к дому.

Тебя писал слепой. Но не Гомер, а крот.
Ты не был на пиру. Ты видел пьянку.
Ты одиссея, но наоборот.
Путь, вывернутый наизнанку.
Закат сгорел. Вот пригоршня золы –
посыпь главу. Уйми свои рулады.
Поход отложен. Развяжи узлы.
Открой окно. Вдохни ночной прохлады.

Элегия обустройства

Витрин потусторонний свет.
Крик из оравы детворы: «Ты водишь!»
Зайдём? А почему бы нет?
Гляди перед собой. Что взор отводишь?

Комиссионки полугрязь
и запах старости дырявой.
К подержанным вещам, стыдясь,
примериваться, боже правый.

Вот этажерка. Поздний час.
Чем я могу тебя утешить?
Нам нужен минимум: матрас
и что-то вроде вешалки. Чтоб вешать.

Спой что-нибудь. Та-та.
Как не грустить, весь день угробив?
Весь день – ещё не жизнь. А *что* тогда?
Посмотрим обувь.

Там сколько блюдец? Ровно три.
Побитые. Зато бесплатно.
К чертям. Не хочешь – не бери.
Что значит «блюдце», будь оно неладно?

Растерзанные горы тряпок.
А обуви? Надену – не моргну –
с чужой ноги ботинок или тапок.
Но из чужой посуды не могу.

Потусторонний сей Эдем
ещё когда-нибудь вернётся.
Дай обустроиться, я покажу им всем.
Кому? Тому, кто подвернётся.

Когда нас будут гнать взашей,
мы не допустим пошлого повтора,
мы не сдадимся – не сдадим вещей
в анналы нищего позора.

Их дело – честная зола.
На свалке – средь ночного пересверка
холодных звёзд – мы их сожжём дотла.
Будь проклята ты, этажерка.

Элегия. Отец

Жалок стал и слезлив.
Надвигался локомотив
смерти, а он стоял на путях
вроде застрявшего тяжеловоза, впотьмах.

Я был рядом, но далеко, на молчаливый плач
обречён в грядущем. Оно палач.

Между Сновском, где протекает Снов,
и вечерний разброд по домам коров,
и доение во дворах,
и молочный пар над ведром, и рыжий пацан в дверях, –

и Ленинградом с его рекой
(самой точной его строкой),
с очередью в пивной ларёк,
с офицером, берущим под козырёк,
с шинельным отрезом дармового сукна,
из которого что-то пошьёт дочерям жена, –

он стоял на путях
вроде тяжеловоза, впотьмах.

Я был рядом, но далеко. Я ещё не знал,
что не всякий зал ожидания – праздник. Что есть обвал
и давильня не для сока или мезги,
но – прессующая мозги.

Там соседствует шелуха
семечек и куриные потроха
с лукоморьем услышанного впервые стиха,
чьё-то кокетливое «тебе не к лицу»
с Левитаном из репродуктора на кронштадтском плацу...

Как пчела с цветка, предъяви пыльцу.

Я был рядом, но я шагнул
к сотам жизни, когда приближался гул.
Я не слышал тогда укоризн
грядущего, и какие там плачи и палачи…

Выбирающий жизнь
выбирает смерть ближнего. Помолчи.

Перед сном

Сядь рядом, руку твою подержу.
Холодно, я тебе доложу,
в этом году.
Впрочем, не привыкать ко льду.

Настольный свет пусть ещё погорит.
Темнота мало что говорит.
Как, не пойму,
мы оказались не нужны никому?

Разве могли предположить,
что и нам дожить
до этого суждено?
Что-то невероятное. Но ведь вот оно.

Одна жизнь

А пока подрожим
или подорожим
солнца сиянием,
синих стрекоз стоянием
в воздухе дня на весу,
плеском, капающим веслом.

Там сосуды озёр
сообщаются, пар
над вечерней землёй,
над извилистою змеёй,
над лягушкой с подскоком
пауз по низким осокам.

Атом к атому точь-
в-точь подогнан, и ночь
к дню прибита гвоздём –
испаряющейся звездой,
в подорожнике утром
разгоревшейся остриём.

Истины босиком
друг за другом гуськом
по росе тянутся,
ни на миг не расстанутся,
лучась, не иссякая.
Утренняя Навсикая.

Там, на топких мостках,
прачка, бельё в тазах,
в мире ни росстани,
стирка, белые простыни,
согревающим счастьем
приникают доски к ступням.

Высекая искру,
как из жизни игру,
лучепёрая вверх
извернётся и высверком
плавника глаз уколет,
но и радостью утолит.

По стезе золотой
поступь чайки литой –
жадный взгляд и живой,
и накат волны кружевной,
и прислужниц мячика
вижу, вдали маячащих.

А секунду спустя
дачный вижу пустырь –
там, предавшись судьбе,
залётный атлет в разбеге
блещет великолепьем,
потрясая, воин, копьём.

За копьём своим вслед
чужеземный атлет
улетит, кончится
август, поздний истончится
час, как жизнь, истекая.
Плачущая Навсикая.

Синих узких стрекоз
с лицами стариков
острое зрение,
время как измерение,
замершее на нуле,
насекомое на игле.

Элегия. Со стороны

Как затеяно это, затеплено, из каких
красок соткалось в единое – золотых?
грозных? землистых? ненасытимо-живых?
Видеть непререкаемость их.

Видеть, как женщины на раздутых вовсю парусах
плывут в роддома, как лежат на весах
младенцы, как начинаются титры –
то крылата кисть чертит в небесных полях палитры, –

как начинаются кадры –
то влетает ветер в квадратны
метры комнаты, и новые паруса
раздуваются, и на подвиг ратный
(потому что путь этот – безвозвратный)
снаряжаются подрастающие леса.

То ночные кроны
пошевеливаются, ночные корни
пробивают землю,
и сочная разрастается зелень.

То выходят игролюбивые
к пышноланитным и дугобровым,
чтоб сочетаться блаженно лаской и ложем, и львиные

рыки и визги нимф разносятся по дубровам.

Как потом затихает путаница-стихия,
и седой сатир, из-за мольберта глазея,
малюет два кокона, две сухие
оболочки, – прощай, Психея!

Он себя почитает царём в центре мира,
зная: там ни царя, ни сатира.

Есть огромный дышащий океан.
Не беснуйся, разума узник.
Как пустой орган
насыщает музыка,
так Его рука
водит кистью прицельной твоей и узкой,
отправляя в плаванье облака.

Если ж всё на свете быльё,
если время выжато и висит, как бельё,
если плесень расписывается на стене
и идут санитары, чтоб вынести в простыне
что-то страшное, отработавшее своё,
то зачем затеяно бытиё?

Ночной смотритель

Всё пошептом да пошептом, читай,
что дальше там, какой ещё подьячий,
где дочь твоя, смотритель, то-то, чай
несёт, глаза в смущенье пряча,
я по казённой надобности здесь,
да, но с предчувствием печальным,
и сердце закипает, занавесь
окно, читай, о чём-нибудь, о дальном,
нет ближе ничего, здорова ль дочь,
бог знает, говоришь, сними с горящих
свечей нагар, читай, что дальше, ночь,
и плач, и причитанья всех скорбящих,
и набережная, и тот трактир,
явленье ротмистра в халате,
лакей военный, да, и вечный мир,
который обретёшь на Минском тракте,
здорова ль дочь, да где ты, за прогон
кому платить, кругом одни огарки,
и осень за углом, а с ней сам сон,
и вырин на дворе, вороний, каркий.

Элегия. Зеркало сцены

Предложили роль. Я согласился.
Дни и ночи той поры бесценны.
Я в их труппе был кассиром, но косился
в сторону юпитеров и сцены,
на которой и заколосился.

Нет, не мигом. В роль вживаются не с ходу.
Но когда в твою звезду
Мастер верит, ты растёшь ему в угоду,
всей душой шепча: «Расту, расту».

Как любил я запах костюмерной,
бархат занавеса, доски декораций,
бутафорию – весь этот мёртвый
мир, способный воскресать и разгораться,
подчиняясь актёрской вере вёрткой.

Вёрткость веры! Штукарям игры,
братству странников единокровен,
я любил вечерние пиры –
захолустные заезжие дворы –
все вкруг Мастера, с ним заодно и вровень.

Да! Но кто меня проникновенней
слышал то, чему учил он днём и ночью?

«До костей прознай себя, до тех мгновений,
что неуловимы, точно тени,
до любви врождённой, непорочной –
в существе твоём нет места многоточью! –
и отдай всё образу, и в нём исчезни».

Да? Но как из образа я выйду,
если полностью исчезну в новой жизни?
Он учил, чему не учат: чуду.
Я отрёкся.
            Но не подал виду.

Слишком роль свою ценю я
и особенно, когда целую
главного героя, и за мной толпятся
воины-легионеры с копьями, и злую
я вершу судьбу свою чужую

в ночь на пятницу.

* * *

Помнишь, мы родились
в свет, в яркость,
в голоса
окликающих нас матерей
в январском дворе?

В каждый новый миг
мы не умели видеть
смерть предыдущей –
ничто ещё не умирало в ту пору,
даже секунда.

Помнишь, все были живы?
Ещё не измерено было горе
в единицах слёз
и никто не стоял,
прикрывая ладонью рот,
в тишине утраты.

Только пространство и отпечатки
люстры или де́ревца
на сетчатке. Время
не наступило ещё на пятку
Ахиллеса, и эпос
пастбищем был, а не бойней.

Не было этого «помнишь»,
потому что *нас*
помнили, а не *мы*.
Нам ещё предстоял тихий
ужас воспоминаний,

когда начинает идти
время, уничтожая
радость простую,

радость пространства, –
с первого воспоминания,

которое я забыл.

Окно

Птичий щебет в золотом окне
и резьба по дереву в огне,
промельк, промельк мотыльковой почты.
Проявленья жизни беспорочны.

Все они растут-летают голенько,
а сквозь них просвечивает нечто,
что не знают люди-алкоголики,
что, в отличие от человека, вечно.

Ты прочтёшь это в глазах кошачьих
или в кронах, свет крошащих,
сквозь крапивницу или капустницу узришь –
и в секундном слове воспаришь.

Что чудней и что разнообразней
нелакейских сил природы? Что случайней?
То, что не заискивает в жизни,
ближе к равнодушной её тайне.

* * *

Сестрица мерила наряд,
шепчась с соседкою,
ещё не умер друг, и брат
входил с ракеткою.

На ветках в дымке золотой
птенцы чирикали,
мальки сновали под водой,
часы не тикали.

В то время я не воспарял
и не загадывал
желаний. Ставни растворял –
и свет окатывал.

Ты помнишь лето – день за днём –
какое выдалось?
А что надвинулось потом,
то и надвинулось.

Когда вплотную к ничему
стоишь, возможно ли,
чтобы ушедшие во тьму
прощально ожили?

Ведь нет любимых в тех краях,
где мне прощение
мерещится за мерзкий страх
развоплощения.

Тождество

В мёртвые часы
когда ни чувств, ни мыслей,
открой тайник боли,
на время забытый, спасительный,
возвращающий к жизни.
(Только боль к ней и возвращает).

Ты увидишь, как вьёт
горе своё гнездо. Что ни дерево –
то гнездо. Что ни ветвь –
то жилы, что ни вечер –
закат червонный.

И тогда на краю сознания
загорится стыд.

А как станет боль нестерпимой,
убери тайник с глаз долой
и зарой его в чернозём обратно.
(Мёртвому стыд неведом).

* * *

Если однажды не вынырну
(жизнь, как ты знаешь, убийственна),
я тебе боль верну.
Она единственная.

Ей не нужны враги –
только любимые. Как почернею дочерна,
ты её береги,
чтоб оставить в наследство дочери.

Береги, не развей,
хоть и нет в боли красоты…
Для кого? Не смеши, оставь для своей,
потому что моя – это ты.

Эпилог

Если ты пережил смерть родных
или хуже: измену их,
если ты чудом остался жить,
как тебе быть?
Выйти к морю? Уставиться в полосу,
отделяющую его от небес,
душу держа на весу,
пока не исчезнет вес?
Что это? Что сейчас
здесь и с тобой?
Биология безразличных масс
или то, что тебе причиняет боль?
Полчаса – и заря сменяет зарю.
Я не знаю, кто понуждает: «живи».
Если б сердце *думало*, говорю,
оно бы останови

ИЗ СТИХОВ ПОСЛЕДНИХ ЛЕТ

* * *

Пруд застелило листьями,
которых пруд пруди,
и дереву, как истине,
я говорю: свети!
До угасанья – несколько
прозрачно-тихих дней,
и мне, пока я здесь, легка
печаль и смерть ясней.
Качнув кленовой веткою,
возник олень и стал
стеклянной статуэткою,
и глазом заблистал,
и я спросил: в обыденном
такое существо
откуда? – став невидимым,
чтоб не спугнуть его.

Не меч и тать. Мечтать!

Лучится мир: в нём нет лечебниц,
ни смерти, ни чумы предательств,
и ты, летальный вовлеченец,
отныне вечн, без отлагательств.

Нет ни холопов, ни высочеств,
есть равенства священноучасть,
не сбивчивость и брех пророчеств,
но сбывчивость, расчёт, могучесть.

Сверкает город электричеств,
и высших чудотворных качеств,
и благ бесчисленных количеств,
и в звёздном колпаке чудачеств.

Не чад войны, но многочадость,
и в общем воздухе отечеств
мы празднуем с тобой зачатость
и разум встречных человечеств.

И не плачевность и печальность,
не ночи выморочной нечисть,
нам сёстры – речи изначальность
и птичья утренняя певчесть.

На закате

Безрассудному звуку предаться,
речь ручную предать,
чтобы не было чем оправдаться,
блудной зауми зуд оправдать.
Беспризорному псу уподобясь,
жить, привязанность к будке смешна,
как имущества опись.
Кладь ручная, кому ты нужна?
Заглянувший в колодец,
у которого дно – в небесах,
он теперь инородец
здесь, где умствует страх
и с душою легко сторговаться.
От увиденного ни на миг
заглянувшему не оторваться.
Не в обход – напрямик
он прощальные песни заводит –
преизбыток в них жизни такой,
что слепящее медлит ещё, не заходит.
Всё висит и висит над строкой.

Безумному монарху

К сумасшедшим птицы тянутся.
Мозга нет у малых сих.
Руку им подай – останутся
навсегда в руках твоих.
Ты подобен им, ты весь иной,
посвисти, вверху побыв,
как бы тронув воздух песенный,
поцелуем пригубив.
Сколько вех и мелких вешечек
в роще, щебет и щелчки, –
вместо головы – орешечек,
вместо лапок – щипчики.
Руку с кормом выставь наискось,
бормоча: «Лети, лети...», –
и слетятся птицы, зная сквозь
ветви верные пути.
А потом и та, что с крыльями,
та, что всех безумней, сир,
унесёт тебя усильями
мерных взмахов в райский мир.

* * *

Тайн хранитель, тайну выдай
и из трубочки своей
шар стекла прозрачный выдуй,
в ветвь стиха его извей.
Зимним ливнем, летним градом,
оперением реки,
электрическим разрядом
вдоль искрящейся строки
лень души и разум косный,
бездыханный сон мирской
просквози молниеносной
и вседышащей тоской.
Груша выльется из колбы,
новым деревом взойдёт,
лишь толпою капель шёл бы,
шёл бы точный звездочёт.

Subway

Когда оно вчерне грохочет
и свай мельчит чугунный лес,
сцеплений ржавый чёрт хохочет,
туннельный бес,

и человек, глотатель пиццы,
сидит меж птицами огней,
и жизни топчутся крупицы
в вагонах дней,

летят победа и обида,
гул поезда в утробе скал
вдруг, выдохнут дутьём Аида,
возник и стал.

И к турникетам с птичьим граем,
как в небо ночи фейерверк,
толпа зернистым урожаем
восходит вверх.

Потоп

Ли́ло, ли́ло, и на лиловом
белело белым оловом,
неслось ли облаком,
или овалом фонаря
разбрызганного отражалось,
каблук бежал за каблуком,
зонты ломались, спицами горя́,
и всё к себе прижалось.

На ветровых сновали дугами,
стекая, стеклоочистители –
всё смыть со всеми их недугами,
чтобы явился новый Ной
и все увидели,
как он рифмуется с весной,
с зелёной веткой
и стихшей каплей световой.

И кисть руки, и кисть руки
из рукава белела тоже,
и рябь по рукаву реки
вытягивала вдаль баржа,
вдоль бе́рега в домах уютилось,
вдвойне оттаивал из дрожи
гость у камина, дорожа
тем, что причудилось.

Вокзал

Вот некто входит в зал,
пред тем спугнувши птиц,
взлетевших – фьють! – на воздух,
в киоске глянец лиц,

в табло упёршись лбом,
студент твердит: «Облом...»,
в нём узник опозданья
колотит кулаком,

заплечных мастер дел меж тем
массирует жене заплечье,
а нищий целится в мишень,
но та отводит взгляд от встречи,

и все питаются по кругу –
кафе съедобный бельетаж,
с газетой, заедая скуку,
клерк ест беляш,

бильярдный шар пломбира в лузу
розетки лёг
на счастье карапузу
с болтанкой под сиденьем ног,

обходит полисмен
с незлой собакой зал,
икает неврастен,
ик, ик, он опоздал,

и дел меж тем заплечных мастер,
жены заплечья массажист,
и нищий тот на фоне астр,
и обернувшаяся та мишень на жизнь,

в киоске всё пестрит,
вытягивая шею,
играет в лотерею
почтенный кроглодит,

и некто, над толпой
взъярённым мозгом взрыв
свод неба голубой,
уже готовит взрыв.

Анатомия

В паху гостиницы струится писсаро –
дождь вертикальных линий световых
тем ярче, чем темнее ночи дых,
там горлышками вверх устроен бар,
и льдом переливается нутро
бокала, и бросает в жар
большую барышню в луче проезжих фар,
откупори женитьбу Фигаро,

бильярд раскатывает по сукну шары,
прицельный кий, натёртый мелом,
снуёт, и сталкиваются миры,
и в лузы падают всем телом,

кишки зеркальных лифтов вверх и вниз,
то сдвинув, то раздвинув двери,
в окаменелости пошатливой сошлись
в ажурной клети звери,
замедлился бесшумно и завис,

забиты уши тишиной ковров,
по коридорам бьётся сердце в глотке,
в порочной белизне безликих номеров
постелей всеприимных лодки,

и, лакомства любви лакая,
барышник, барышни большой сосед,
её под ложечкой сосёт,
она ж всю ночь кричит, не умолкая,
вампира яростно алкая,

за окнами струится писсаро,
и в номерах мертво уже,
как будто отравил, яд впрыснув под ребро,
кого-нибудь де Бомарше.

Сценический образ

В саха́ре сцены раззолоченной, в саха́ре,
с улыбкой сахарной, саха́харной, в угаре,
сжимая статуэтку в онемелых,
он к славе ластится в лучах болезно-белых.

Рот как в разрезе ананасной дыни,
слюною смоченные семечки зубов,
он сладость зрительских оскаленных забав,
десерт пустыни.

Как этот бред настоян или выделан,
какой наградой буфф увенчан из конверта,
он сон, чей сон не утолён, он идол, он
и жертва, жертва.

Внезапно свет погаснет, ночь займётся,
слова то дёргая, то искажая в блажи,
и что-то вздрогнет, зазмеится, засмеётся,
и поползут мира́жи.

Из кресел приподнявшись на локтя́х –
зеваки, и в глазах несметных,
как бы в египетской ладье,
со сцены гроб сплывёт в аплодисментах.

Погаснет блеск ладоней перелётных,
истает стая до поры, и в новых бликах
из-за кулис взойдет светило, из бесплотных
теней вернув счастливцев солнцеликих.

Конькобежец

Покуда вымер и затих, в зиме ночуя,
не чая выспаться, часов не чуя,
районный центр, и нет рабочих толп,
и падает безмолвно ртутный столб,
один не спит, в тугом комбинезоне
ко льду клонясь в размашистом разгоне, –
на повороте пересверк
коньков, – покуда, выдохшись, померк

районный центр, раскатисто кругами,
чуть накренясь, касаясь льда руками,
вписавшись с хрустом в поворот,
он исподлобья правит ход,
в тугом комбинезоне конькобежец, –
весёлый бог-морозовержец
его иглою по пластинке – лёд искрит –
ведёт, и фосфорный фонарь горит.

Архитектуру января, бег циркулярный
в стране полярной,
расчисленный, как вдох и выдох, вдох
и выдох – что с того, что мир оглох,
ослеп, оглох? – один прохожий поздний
увидит навсегда, проезжий, звёздный
увидит мир, в котором заперта
жизнь, вырываясь паром изо рта.

Смотрение

Манометр. Ночной манометр.
Горит цифирь.
Смотреть на паровой копёр часами
или грохочущий чигирь.
На паровозы в тупике.
Депо кирпичное.
Буксир, плывущий по реке,
невзрачное его величие.
Смотреть на трубы вдоль стены,
по шву – окалина.
На многодымный тот сталелитейный
завод окраинный.
Пить воздуха невидимые литры,
по первой никуда пороше
идти, пока пульсируют цилиндры
и ходят поршни.
Смотреть на шахту – как она глотает
шахтёра чёрным ртом,
в забое лошадь с ним слепая,
мертва трудом,
и надо, ничего дотла не чувствуя,
смотреть на вещи, в них
есть чудное твоё отсутствие,
в котором – тих.

Работник

Куда-нибудь устроиться-пристроиться.
Мохнатым насекомым бухгалтерия
о пятерых ногах вползает, роется
в мозгу, в бумагах, серенькая, серенько.
Копейки звезд тянусь к окну подсчитывать,
краюху неба-хлеба на ночь вырезать,
просеивай, – мне шёпот в ухо, – сито ведь,
а что на дне, то тщись прилежно вылизать.
Я «тщись» сама и стиснут плоскогубцами,
гудят цеха, бросает в жар от доменных
печей, и кто я есть с моими куцыми
надеждами на чердаках соломенных.
Мне остаётся зубы заговаривать
неведомо кому, чтоб время вытрясти,
чтоб нечем было чёрный чай заваривать,
и закопать свой сон, и явью вырасти.

Память

Марине Гарбер

Выудить из речки – в водяных вся лилиях –
дно у берега чуть илистое –
что-нибудь блестящее, извилистое,
исчезающее в водорослях, в их извилинах...
Нет ещё ума, ты – из бессильных
и беспамятных и позже приневолишь
жизнь свою. Есть естество лишь.

....

То в полоску золотистую, то в чёрную,
пчёлка, «памятью» случайно наречённая
(полдень с полночью – её бока),
головой ударилась в бега.
Говорит потом: нет ничего там,
затопило берега,
не с чем возвращаться к сотам.

А помять тебя, как глину, память,
из которой обжигают гончары
вазы и по кругу ваз – миры...
Если не тобой, чем пир приправить?
Говорит: мои дары –
скука детства: сон ли упоённый,
вдоль забора подорожник запылённый.

А найдёшь крыло пчелы – там жилки.
Многоглазо смотрит с кроны вишня.
Уличного дурачка ужимки
да бельё полощет чья-то жинка.
Что из этого ты выжмешь?
Как на цыпочки встаёт бельё развесить?
Пятки, икры сильные. О чём тут грезить?

Отвечаю: разве так, а не иначе?
Каланча, извозчик с клячей.
Ясли для скота. Тепло животное.
Нет, любовь – дыханье не безродное,
нежности её – телячьи.
Слово – имя. Вот Песчаная, Базарная.
Стрекоза летит сквозь воздух лучезарная.

Зря ты замирал у мастерских
бондаря ли, кузнеца ли, слесаря?
У витринного окна портних?
А цирюльник в зеркале в тунике цезаря?
Голову даю на отсеченье – пшик и пших!
Паровоз-кукушка по узкоколейке.
Удочка через плечо, в улове – три уклейки.

В переходе

Голоден я, дай еды мне,
вредной, дымной,
подгоревшей, сытной,
побирушечной, постыдной.
Вот она, моя привальная.
Скорбно ль, братец, на душе,
слёз не проливай, проваливай...
Да проваливай уже!
А что сердце моё горе съело,
не твоё собачье дело.

***

С утра, чуть рассвело, я у подножья
цветка увидел крохотный обоз –
карминный с чёрной крапинкой – то божьей
коровке в насекомый храм брелось.
Чуть вздрагивали иногда надкрылья –
взлететь ли ей на праздничный простор
или вернуть крылатые усилья
обратно в шеститочечный узор?
Цвёл колокольчиков тончайший хор.

Кузнечик велимир, как бы калека
с клюками, приготовился лететь,
и усики подъял его коллега,
из листьев мари выглянув на треть.
Полз муравей, неутомимый левин,
плыл мотылёк ганс христиан, цветы
целуя и не ведая беды, –
к заутрене, на маленький молебен
во славу их праматери – Воды.

На поле пасся, вдалеке от крова,
конь, и блистало тело вороного,
как чёрные китайские шелка:
взглянуть – и вмиг зажмуриться, и снова
взглянуть, но так, чтоб дрогнула строка.
Из полевой необозримой шири
я в лес забрёл, где чудилося мне
то зинь, то фью, то сип, то цири-цири...
И там остановился в полутьме.

Великое событие оленей
шло меж деревьев, бережно косясь.
Их ласковое пламенное племя
несло рогов изысканную вязь.
За ними шёл поэт в пижамной паре
и бормотал сквозь круглые очки

одический рефрен о Божьей твари.
День угасал, но вечер был в ударе,
и что ни шаг взрывались светлячки.

Гроза

вяжут ломаные спицы молний
издали и всё неугомонней
в быстрых бога руках
жизнь земную нитяную
электрическое поле
всех шерстистых тварей
на десятую секунды долю
озарится прежде чем ударит молот
и в мельканьях молний
тем молитвенно-безмолвней
мир предстанет
лепета он жизни молит молит

тварей шерстью трущихся в траве
загорающийся глаз
иголкой колк
на крапленной каплею тропе
как янтарь и шёлк
шёлк и янтарь
грянут фабрики туч грозовых
фабрики парящих льдинок
цапли ломаные спиц
воздуха сквозной пробóй
первой прóбой освежит
и в небе голубой
мозг извилинами задрожит

Человек

никуда не метящий
не светящийся
в разговоре медлящий
не ветвящийся
в небе не витающий
взгляд свой прячущий
дню не отвечающий
ночью плачущий
человек бытующий
и трудящийся
человек тоскующий
и томящийся
то ли стих не греющий
то ли стоящий
то ли ветер веющий
то ли воющий

содержание

из книг «Новые рифмы», «Вечерней почтой» и «Долгота дня»

из книги «Грифцов, элегии и другие стихотворения»

Владимир Гандельсман
Великое событие оленей

Издательство *Литтера*
ilya.bernshteyn@litterapublishing.com

Тираж 250 экземпляров,
из них первые 30 – нумерованные.

Экземпляр №

Published by Littera Publishing LLC

Name: Gandelsman, Vladimir, author.
Title: The Great Deer Happening
/ by Vladimir Gandelsman.
Identifiers: ISBN 978-1-7336-2492-3

Manufactured in USA